LA BARRIÈRE DU CRÂNE

DU MÊME AUTEUR

Dans la même collection :

Trilogie des « VILLES-COROLLES » :

959 — *... ou que la vie renaisse !*
1087 — *... ou que la mort triomphe !*
1151 — *La vie, la mort confondues...*

Trilogie de la « NAPPE VERTE » :

979 — *Technique de survie*
1021 — *Les vivants, les morts et les autres*
1095 — *Planète-suicide*

Trilogie des « PLASMOÏDES » :

988 — *Untel, sa vie, son œuvre*
1055 — *Les plasmoïdes au pouvoir ?*
1121 — *Fallait-il tuer Dieu ?*

Trilogie des « MALVIVANTS » :

1022 — *Les malvivants*
1012 — *La vie en doses*
1045 — *La guerre des Lovies*

Trilogie des « CERVOBOULES » :

1070 — *Un monde impossible*
1129 — *Examen de passage*
1137 — *Cosmodrame*

Trilogie de « LIOUWA-LE-GRÉGARITE » :

935 — *Facteur vie*
1030 — *Vecteur Dieu*
1258 — *Secteur diable*

Trilogie des « SECTES » :

1109 — *Une secte comme beaucoup d'autres*
1174 — *Une odeur de sainteté*
1208 — *La frontière indécise*

Trilogie des « CALINS » :

1165 — *Un pour tous... tous pourris !*
1188 — *... et le paradis en plus !*
1221 — *Trop pour un seul homme*

Trilogie de « CHRIS-LE-PREZ » :

1200 — *Génération Clash*
1230 — *Intervention Flash*
1246 — *Evolution Crash*

Trilogie des « KAMIKAZES » (Vic St Val) :

1269 — *Kamikazement vôtres*
1287 — *Survivre ensemble*
1301 — *Un avenir sur commande*

Trilogie d' « HELLIUM » :

1322 — *L'autre côté du vide*
1337 — *Offensive minérale*
1344 — *A moins d'un miracle...*

Trilogie de « L'APOCALYPSE » :

1313 — *Vieillesse délinquante*
1363 — *Les psychomutants*
1381 — *La pire espèce*

Trilogie du « TALION »

1409 — *Pour une dent, toute la gueule !*
1416 — *Feu sur tout ce qui bouge !*
1423 — *Retour en avant*

Trilogie de « LA MÉDICARCHIE »

1452 — *Les horreurs de la paix*
1461 — *La barrière du crâne*
1461 — *Objectif : surhomme (A paraître)*

Ouvrages isolés :

1033 — *Soucoupes violentes*
1076 — *Notre chair disparue*
1282 — *Les métamorphes*
1445 — *Un pied sur terre*

Dans la collection « Espiomatic »
sous le pseudonyme de VIC ST VAL :

Vic St Val s'en occupe
Vic St Val sur un volcan
Vic St Val sans visa
Vic St Val dore la pilule
Vic St Val en enfer
(Palmes d'Or du Roman d'Espionnage 1971)
Vic St Val sur orbite

Vic St Val en chute libre
Vic St Val non-stop
Vic St Val sous pression
Vic St Val en direct
Vic St Val à fond de cale
Vic St Val période fauve
Vic St Val tous azimuts
Vic St Val... place aux jeunes!
Vic St Val vole dans les plumes
Société de compromission
Pitié pour la Terre!
Course au suicide
Nous sommes tous des cobayes
Le fer dans la plaie
Violences sans visages
Équilibre de la terreur
Vic St Val cousu main
Vic St Val au finish
Jusque-là, ça va!
Vic St Val vise la tête
Vic St Val annonce la couleur
Vic St Val contre Vic St Val
Vic St Val rend la monnaie
Vic St Val va à dame
Vic St Val entre deux eaux
Vic St Val donne le feu vert
Vic St Val brûle les étapes
Vic St Val quitte ou double
Vic St Val tranche dans le vif
Vic St Val priez porno
Salut, La Mecque
Circuit Dracula!
Aux algues, citoyens!
La ruée vers Lore
Partage en frères
Bienheureux les doux...
La tête au carré
La crainte du gendarme
Massacre en sourdine
Debout les morts!
La boule à zéro
Des lendemains qui hantent
Matraquage
Le plus dur reste à faire
Casseurs, sachez casser!
Exécutions sur mesure
Camouflage express

Dans la collection « Espionnage »
Sous le nom de G. Morris (Dumoulin) :

La meute à mes trousses
Point mort
Purge maison
Menace souterraine
Cette sacrée bombe
Corps et armes
Les gars d'en face
A chacun sa guerre
Section S
On en sait toujours trop
Un monde à part
J. S. fonce dans le brouillard
J. S. connaît la musique
J. S. tient la forme
J. S. roule pour vous

Dans la collection « Spécial-Police » :

Plus rien à perdre
Double exemplaire
Modestie mise à part
Mettez-vous à ma place
On ne m'a pas comme ça
Arnaque-party
Croyez-moi sur parole
Pourquoi se priver?
Tous dans le même sac
Avant que ça me reprenne
Assassin, mon frère
Au point où j'en suis

Aux « Presses de la Cité »
dans la collection « Police » :

Qu'est-ce qu'on risque ?
Sur le gril
A la veille d'un si beau jour
Interdit au J. 3
Le feu au poudres
Le fou dans la ville
Vous êtes durs avec moi
Des femmes disparaissent
(Porté à l'écran sous le même titre)
Assassin, mon frère
(Grand Prix de Littérature Policière 1955)
Dans la peau du rôle
Les risques du métier
Notre cher disparu
Son pesant d'or
Au point où j'en suis
Faut pas se laisser abattre

Aux « Presses de la Cité »
dans la collection « Espionnage » :

Un trou dans le rideau de fer
Espions sur l'échiquier
Gens de la lune
La bête noire de la Maison Blanche
A n'importe quel prix
Nuits blanches au pays noir
Péril jaune sur la Place Rouge
Opéra cosmique
La barbe du prophète
Je suis un beau salaud
J'irai jusqu'au bout

G. MORRIS

LA BARRIÈRE DU CRÂNE

COLLECTION ANTICIPATION

FLEUVE NOIR

6, rue Garancière - Paris VIe

ISBN 2-265-03306-5.

CHAPITRE PREMIER

Le funambule qui marche et danse, à plusieurs mètres du sol, sur un câble d'acier tendu entre les poutrelles du gymnase, possède ceci de particulier qu'il a déjà conquis et reperdu, perdu et reconquis la maîtrise de cet art difficile. Les figures qu'il exécute pour nous, sur son fil, avec une adresse, une légèreté prodigieuse, il savait les faire, l'année précédente. Puis il a cessé de savoir les faire. Et ce soir il fournit, devant un aréopage de spécialistes, la preuve qu'il peut, de nouveau, défier les lois de l'équilibre et de la pesanteur au risque de venir s'écraser, devant nous, sur le bétoplast du gymnase.

Naturellement, en ma qualité de directeur de l'Institut National de Recherches Fondamentales, c'est moi qui trône au centre de l'aréopage et moins par intérêt sincère que pour masquer l'angoisse qui me monte à la gorge, je murmure en posant sur le genou de mon voisin une main protectrice :

— Vous qui avez dirigé cette série d'expériences depuis A jusqu'à Z, mon cher, voulez-vous m'en refaire succinctement l'historique ?

En dégageant les conclusions que nous pouvons en tirer ? Et les applications que nous pouvons en attendre ?

Je sens, alors qu'il se redresse et se trémousse sur son siège, jouer sous mes doigts les muscles de sa cuisse. Pas seulement vaniteux comme un paon, le Frederick Norton, mais pédé comme un phoque ! Cette main directoriale, sur son genou, compte tenu des fantasmes de la sous-espèce à laquelle appartient Freddy, c'est presque la promesse de relations plus intimes, dans un avenir prochain. Du moins, c'est comme ça qu'il vit l'événement. Parce que de mon côté, je suis, sur le plan sexuel, d'une orthodoxie totale. Mais en tant que sous-directeur de l'I.N.R.F. et grande folle notoire, Frederick Norton — d'aucuns disent Pédérick — peut-être fort dangereux. Je n'ai pas envie de l'avoir contre moi. Dans les deux sens du terme !

Donc, la bouche à deux doigts de mon oreille et me chatouillant le lobe de son souffle d'une manière qu'il doit probablement juger excitante, il s'exécute, le Freddy. Bichant comme un pou dans la barbe du prophète :

— Tout a commencé, mon cher Rolf, voilà plusieurs décennies... Vous permettez, Monsieur le Directeur, que je vous appelle mon cher Rolf ?

— Non seulement je vous le permets, mon cher Frederick, mais je vous le demande ! Appelez-moi Rolf, je vous appellerai Freddy !

Il glousse littéralement, à fond de gorge, avant d'enchaîner :

— Voilà donc plusieurs décennies que tout a

commencé, mon cher Rolf, de la façon la plus classique, avec des rats de laboratoire que l'on dressait, pour aller chercher leur nourriture, à se déplacer sur un fil... Sacrifiées, ces petites bêtes trahissaient, dans la zone cervicale associée à la conservation de l'équilibre, un certain enrichissement, que dis-je... un enrichissement certain en acide ribonucléique !

Il salue sa propre virtuosité verbale d'un petit éclat de rire indulgent, suffisant. Continue :

— Enfin tentée sur des hommes, après des années d'obscurantisme et d'inhibitions stupides, l'expérience a donné le même résultat. Amputé de la zone en question, ce funambule chevronné que vous voyez là est redevenu, d'une heure à l'autre, un être ordinaire qui ne savait plus marcher et danser sur un fil et ne conservait, de ses facultés enfuies, qu'un vague, très vague souvenir extrêmement diffus mêlé d'une sorte d'incrédulité...

Il hausse les épaules avec affectation.

— Mis entre les mains du moniteur adéquat, il a cependant réappris son art beaucoup plus vite que n'importe quel individu ne l'aurait appris...

J'approuve sentencieusement :

— Belle démonstration que rien de ce qui se passe dans le cerveau n'est *totalement* localisé et qu'en cas de lésion spécifique, il subsiste, quelque part, quelque chose des facultés perdues, prêtes à se reconstituer dans quelque autre zone de l'encéphale qui prend alors le relais...

Il ronronne comme un gros chat :

— On ne saurait mieux dire... mon cher

Rolf ! Bien entendu, ce n'est qu'une des branches de l'expérience, l'autre consistant à injecter par dialytrode, dans le centre de l'équilibre d'un nouveau sujet, l'acide ribonucléique, l'A.R.N. codant obtenu à partir de la zone cervicale prélevée sur le funambule...

Dans une petite quinte de rire minaudant :

— Branche infiniment plus intéressante et spectaculaire encore, il faut l'avouer, que la première... Vous allez d'ailleurs, mon cher Rolf, pouvoir vous en rendre compte !

Sur un dernier bond audacieux, le funambule lobotomisé, puis rééduqué, abandonne son fil, regagne la terre ferme par une échelle de corde, salue mécaniquement le public restreint témoin de sa performance — un public qui n'applaudit pas — et disparaît à notre vue. Destiné, je le sais même s'il l'ignore, à subir prochainement l'ablation de cette zone-relais fabriquée par sa rééducation. Et ainsi de suite au gré d'expérimentateurs qui ne le lâcheront que mort ou transformé en un de ces légumes qu'on garde à la section « donneurs d'organes », simples conservateurs *in vivo* de pièces détachées réservées, en cas d'urgence, aux grands du régime. Des bocaux sur pattes, en quelque sorte. Une méthode beaucoup plus rationnelle et sûre que la préservation cryogénique.

Sur un signe de Frederick Norton, le second sujet entre dans le gymnase. Il s'agit, cette fois, d'une jeune femme. Plus exactement, d'une mince jeune fille en tutu de danseuse, porteuse d'une ombrelle, qui fait la révérence avant de se diriger, gracieusement, vers l'échelle de corde.

Warwick, une espèce de gros paillard au teint rougeaud, assis derrière moi, se penche pour souffler à l'adresse de Norton :

— Vous qui n'en avez pas l'usage, mon cher, ne la jetez pas ! Pensez aux amis quand vous n'aurez plus besoin d'elle !

Le sous-directeur de l'I.N.R.F. lui lance un coup d'œil méprisant, par-dessus son épaule. Se retourne vers moi.

— Une autre chose frappante, mon cher Rolf, avant que cette jeune personne ne nous montre tout ce qu'elle sait faire... Vous avez remarqué sa révérence, son comportement en tout point conforme à celui des bateleurs de ces spectacles rétro de notre tridi... Des petites attitudes de métier qu'elle semble avoir réinventées, spontanément... mais qui étaient programmées, je suppose, dans cet A.R.N. codant riche d'informations encore plus complexes qu'il n'apparaissait au premier abord...

Je ne réponds pas, pour la bonne raison que j'en serais incapable, tandis que la petite, là-haut, ouvre son ombrelle et tâte d'un pied circonspect, chaussé de souple, la section, la tension du câble d'acier. Gestes professionnels, ceux-là aussi, et qu'on sent intégrés, chez elle, comme par une longue pratique du métier. Gestes qui ne tâtonnent pas. Qui s'assurent. Qui assurent son essor de libellule, l'ombrelle voletant comme une aile autour de sa tête alors que la ballerine se déplace, d'avant en arrière et d'arrière en avant, sur le fil horizontal.

Sans la quitter de l'œil, Norton distille du coin de la bouche :

— Cette sûreté incroyable... cette grâce aérienne... Ne croirait-on pas, mon cher Rolf, que cette fille n'a fait que ça toute sa vie ?

— C'est ce que j'étais en train de me dire.

Il rayonne :

— Et ce n'est pas tout... Ce plaisir... cette joie évidente d'exercer ainsi son talent... Aucun moniteur au monde ne peut vous inculquer tout ça... pas en si peu de temps... Pas sans cet A.R.N. prélevé dans la zone adéquate du donneur... et chargé de toutes les infos nécessaires...

Je m'abstiens de l'interrompre tandis que selon ma demande, il tire les conclusions, énumère les applications que nous pouvons attendre de la nouvelle technique :

— Le processus est complexe, mais clairement envisageable... Soit un donneur spécialisé dans la matière à transmettre... Localisation stéréotaxique, au premier stade, de la zone concernée dans le cerveau du donneur... Prélèvement d'A.R.N. programmé... Injection par dialytrode dans la zone pareillement localisée du receveur choisi... Education de celui-ci dans la spécialité concernée... réduite au minimum comme dans le cas de cette fille... La piqûre de langue étrangère ou d'escrime ou de je ne sais quoi encore... Qu'est-ce que vous en dites, mon cher Rolf ?

Le cher Rolf n'en dit rien. D'abord, parce que si la petite main chercheuse du cher Freddy s'obstine à lui caresser la rotule, il va y avoir des complications à l'ordre du jour. Ensuite parce que l'expression « piqûre d'escrime ou de langue étrangère » lui paraît fortement exagérée, disons plutôt « piqûre prédisposant à l'acquisition rapide des techniques de l'escrime ou de la connaissance d'une langue étrangère ». Enfin parce que « cette fille », comme s'obstine à dire l'autre homo, n'est pas n'importe quelle fille. Elle s'appelle Sheila et je sais qui elle est. Même si, de son côté, elle ignore qui je suis. Qui je suis réellement, s'entend. Pas mon étiquette officielle !

A regret, Freddy Norton me lâche la rotule et conclut, prophétique :

— L'art du transfert des connaissances par l'acide ribonucléique programmé n'en est encore qu'à ses rudiments, mon cher Rolf... mais il n'a pas fini de nous étonner !

Puis, d'un ton pénétré, en faisant jouer ses longs doigts nerveux comme un grand pianiste au seuil d'une partition difficile :

— Oh, comme il me tarde d'ouvrir ce joli petit crâne afin d'étudier les changements structurels survenus dans le cerveau de cette jeune personne...

Le ton gourmand et se pourléchant mentalement les babines comme un gros matou devant un bol de crème fraîche !

J'ai fermé les yeux, mais je n'en vois que mieux « ce joli petit crâne » rasé, trépané, vidé de son contenu à l'instar de tous ces autres crânes passés par son service, et j'ai toutes les peines du monde à me retenir de lui fracasser le sien, sous le talon de ma botte, sans aucune précaution spéciale et sans la moindre intention d'en examiner le contenu.

Que je connais, de toute manière... Pourri. Jusqu'au dernier neurone !

Ma voix, lorsqu'elle peut enfin sortir, ressemble miraculeusement à la mienne :

— Dans l'intervalle, mon cher Freddy... faites-moi plaisir, voulez-vous ? Envoyez-moi cette petite, ce soir... que je puisse tester ses... autres capacités... avant que vous ne transformiez son joli petit crâne en œuf à la coque !

Oh, ce regard blessé, déçu, incompréhensif... Comme je ne veux pas, malgré tout, me faire un ennemi de mon sous-directeur — il y a d'autres homosexuels dans le Conseil des Hiérarques — je lui chatouille le lobe, à mon tour, de ma respiration excitante :

— Pardonnez-moi si mon hédonisme n'est pas aussi... discriminatoire que le vôtre, mon cher Freddy... Du moins pas encore... J'ai toujours été persuadé qu'il fallait longuement goûter à tout... avant d'opter définitivement pour une chose ou l'autre !

Il me dédie un sourire incertain. Spéculatif. Croit-il vraiment que je puisse être à voile et à vapeur ? Après tout, n'ai-je pas derrière moi un mariage raté ? Avec Priscilla Wolf, la propre fille du Hiérarque Suprême !

Dans le doute, il s'abstient de conclure trop vite. Me promet que la funambule, cette nuit, sera dans mes toiles. Et je le quitte, sur une poignée de main appuyée, chaleureuse, pour vaquer à d'autres travaux.

Tous ces travaux qui se poursuivent, couramment, à l'Institut National de Recherches Fondamentales.

Des recherches conformes aux souhaits de ces bons vieux écolos du XXe siècle, qui se déchaînaient à tout bout de champ contre la vivisection animale.

Ils seraient heureux, ici, maintenant, les bons vieux écolos du XXe siècle.

Voilà belle lurette qu'à l'I.N.R.F., on ne sacrifie plus un rat, un singe, voire un planaire.

A l'I.N.R.F., tous les sujets d'expériences sont humains.

Curieuse inversion des rôles, ce seraient plutôt les chercheurs qui auraient cessé de l'être.

***

Comme je n'ai rien précisé sur ce point, la petite débarque chez moi, à l'heure dite, dans son costume de ballerine, et je reconnais bien là l'esprit tordu de Freddy Norton qui par cette simple initiative, confère à la rencontre un côté travesti, un côté carnaval destiné, je pense, à grossir l'aspect caprice et joujou de la chose ! Le cher Pédérick, si j'ose dire, doit vouloir, ainsi, ménager ses arrières...

Mon cœur bat comme un imbécile alors que la porte de l'appartement directorial se referme sur le garde qui a convoyé Sheila jusqu'ici. Plus d'un an que je ne l'avais vue d'aussi près et dans l'intervalle, l'adolescente qu'elle était alors est devenue une femme ravissante aux longues jambes nerveuses, aux formes plus épanouies, sous le justaucorps de la funambule, qu'elles ne l'étaient dans mon souvenir.

Toujours aussi directe, de surcroît, quelles que soient les circonstances :

— On m'a dit que vous étiez le grand directeur de cette institution ! Qu'est-ce que vous attendez de moi ? Une représentation exceptionnelle ?

En s'adossant à la porte comme quelqu'un qui n'a pas l'intention de pénétrer plus avant tant que la situation ne sera pas clairement précisée.

Je désigne la table servie pour deux, dans la lueur des chandeliers, seule source d'éclairage actuellement disponible dans la vaste pièce.

— On va dîner gentiment, tous les deux... et bavarder comme des vieux amis !

Elle se décide enfin. S'approche de la table et soulève la bouteille — fraîchement débouchée — qui refroidit dans le seau à glace.

— Champagne français ! Quel honneur ! Puis-je faire le service, Votre Seigneurie ?

Elle remplit deux verres, sans attendre ma réponse. M'en remet un, non sans une de ses petites révérences, et vide, d'un trait, la moitié de l'autre. Légèrement déboussolé par sa désinvolture, je constate comme un idiot :

— Tu as l'air d'aimer le champagne !

Elle hausse les épaules. Boit le reste de son verre.

— Qui n'aime pas le champagne ? Et puis autant jouer le jeu, non ? Rendre les choses moins pénibles !

Le regard ardent, acéré, qui mange son joli

visage, fouille la pénombre dans laquelle je me tiens, volontairement.

— Ou bien est-ce que je me trompe sur ce que tu entends par... « bavarder comme des vieux amis » ?

Désespérée, résignée à l'inévitable mais rendant coup pour coup, réplique pour réplique. Bien décidée, jusqu'au bout, à ne jamais baisser la tête. Plus remué qu'il ne m'est possible de le laisser paraître, pour le moment, je relance de la même voix sourde, détimbrée :

— Tu sais que je pourrais m'offenser de ta façon d'estimer « pénibles » la... les choses auxquelles tu fais allusion ?

Elle accompagne, d'un second haussement d'épaules rageur, le remplissage de son verre.

— Tu m'as bien fait venir pour ça, non ?

Dans un éclat de rire sec et sans gaieté :

— Il se trouve que tu vas m'inaugurer, grand chef ! Et que c'est une cérémonie qui passe pour être toujours un peu pénible... surtout quand on n'a pas le choix ! Voilà pourquoi je préfère être un peu soûle quand l'événement se produira !

Un bloc aux angles vifs se coince au fond de ma gorge et je cache mon émotion dans une lampée de champagne.

— En admettant que tu aies tout compris... est-ce que tu n'as pas l'intention de te défendre ?

Elle expédie le contenu de son deuxième verre. Lorgne, paupières mi-closes, ce qu'elle découvre, dans le clair-obscur, de ma haute silhouette massive.

— Tu n'es pas exactement un avorton ! Et moi, tu as vu mon gabarit ? A quoi ça me servirait de me débattre ? Bon gré, mal gré, j'y passerai, d'accord ? Alors, autant m'en ressortir violée, mais pas avec le nez saignant ou un bras cassé dans la bagarre !

Portant subitement sa main à son front :

— Parce que ce sera toujours un viol puisque je ne suis pas consentante... mais pas plus grave que celui qui m'a déjà été infligé... là-dedans !

Tripes nouées, je questionne — trop vite — comme si je n'étais pas médecin moi-même :

— Tu as souffert ?

Et son ricanement me touche en plein cœur :

— Souffert ? Quelle ignorance, grand chef ! Tout le monde sait que le cerveau ne souffre pas ! Qu'on peut le tailler, y loger des trucs et des machins sans que lui-même réagisse... même s'il fait réagir tout le reste !

Pris à contre-pied, je commente faiblement :

— Tu en parles avec une grande amertume... J'avais pourtant cru sentir, chez toi, un... réel plaisir d'exercer ce talent qui t'a été donné ?

Le ton, la tournure que prend la conversation semblent la désarçonner, elle aussi. C'est d'une voix moins agressive, moins hostile, qu'elle rectifie :

— Pas donné. Imposé. Et c'est peut-être encore le pire, après avoir dansé sur ce fil, que de réfléchir à cette joie qui est la mienne, en effet, lorsque je suis là-haut. Qu'est-ce que c'est que ce monde où tout, apparemment, peut vous être imposé ? Y compris vos joies !

Soudain sarcastique et se frappant la tempe avec une sorte de virulence :

— Comment se fait-il qu'on ne m'ait pas un

peu bricolé le câblage avant de m'envoyer vers toi, grand chef ? Je suppose qu'avec une électrode ou deux, une injection du produit adéquat dans la zone concernée, tu aurais reçu dans ton lit la plus grande amoureuse de tous les temps ? Persuadée d'éprouver pour toi une passion irrésistible !

Je ne peux m'empêcher de sourire à sa fougue juvénile en ripostant doucement :

— Ce n'était pas du tout inconcevable !

— Alors, pourquoi ne l'a-t-on pas fait ? On ne m'a pas demandé mon avis, non plus, pour me poser la dialytrode qui m'a transformée en funambule !

— Cette rencontre n'était pas prévue, Sheila. Elle ne s'inscrit dans aucun programme...

Elle tressaille, léger, à l'énoncé de son prénom. Relève avec un certain décalage :

— Oh ? Tu sais même comment je m'appelle !

— Ça et pas mal d'autres choses... D'où tu viens, c'est-à-dire d'une « ferme à l'ancienne » où tu vivais avec ton frère Bruce et ton grand-père que tout le monde appelle Papy... Je sais aussi que tu es amoureuse de quelqu'un d'autre... un réfractaire nommé Richard Morland... et qu'on t'a capturée toi-même à Washington, en situation irrégulière, alors que certainement contre la volonté de ton papy, tu recherchais la trace de ce Dick Morland !

Déconcertée, elle dégrafe de sa taille fine l'encombrant et ridicule accessoire de danseuse qu'elle jette, à la volée, sur un proche canapé.

Apparaît, souple et mince et faite au moule sous son maillot collant. Plisse de nouveau les paupières en lançant vers moi, comme un défi :

— Tu as bien étudié le dossier ! Alors, tu sais aussi que Dick Morland était venu à Washington pour tenter de joindre son vieux compagnon de fac, Rolf Schneider... c'est-à-dire le nouveau directeur de l'I.N.R.F., c'est-à-dire toi, grand chef !

Surpris, à mon tour — je ne pensais pas que Papy l'aurait mise au courant — j'intercale :

— Eh bien, toi aussi, tu en sais, des choses !

Et lui fais signe de me rejoindre auprès du pupitre mural dont je pianote rapidement quelques touches. Sur l'écran, se matérialise la fiche électronique de MORLAND Richard, brillant sujet de la Faculté Nationale de Médecine à la carrière prometteuse brutalement tronquée par sa disparition dans l'*underground.*

Jusqu'à cette dernière ligne qui signale son décès, « au cours d'un essai technique », dans le cadre même de l'I.N.R.F. Charmant euphémisme pour constater la fin de Richard Morland, cobaye, sur quelque table de vivisection. Le crâne ouvert, le cortex hérissé d'électrodes...

Sheila accuse le coup. Durement. Chancelle sur place en fermant des yeux qui bientôt, débordent de larmes.

— Ce n'est pas possible... pas possible...

A quoi bon prolonger l'épreuve ? A quoi bon la lui avoir imposée, au départ ? Sadisme inconscient ? Besoin morbide d'obtenir une certitude, quant à la profondeur effective de ses sentiments ? Je la ramène auprès de la table, dans l'aura lumineuse diffusée par les bougies.

— Sheila, tu sais comment on nous appelait, Rolf Schneider et Dick Morland, à la fac ? « Les jumeaux ». Parce qu'on était inséparables et qu'il y avait, entre nous, une ressemblance physique qu'on se plaisait à accentuer, par toutes sortes de mimétismes réciproques qui nous rapprochaient encore...

Elle me contemple, les yeux secs, le regard fou, tandis que je lui raconte l'incroyable. Persiste à refuser, repousser l'évidence avec d'autant plus de force qu'elle est furieusement tentée d'y croire.

— Non... Si c'est une torture de plus...

Et puis j'ai l'idée de lui rappeler des détails que Dick Morland connaissait, que Rolf Schneider ne pouvait pas connaître, et l'un d'eux, ou plusieurs d'entre eux, achèvent de la convaincre car elle chuchote, l'expression égarée :

— Dick... Dick... Je le savais... Je savais que ce n'était pas possible...

Avant de s'effondrer évanouie, toute droite, comme un jeune arbre assassiné par la hache du bûcheron.

Je n'ai que le temps de la rattraper au vol et de la déposer, légère, si légère, sur le plus proche canapé.

Sheila, mon amour si fort et si fragile qui a bravé tous les risques pour me retrouver, moi, Dick Morland.

Officiellement décédé et vivant désormais sous le nom de Rolf Schneider, sacrifié à ma place dans des circonstances exceptionnelles (1).

Rolf Schneider, directeur de l'Institut National de Recherches Fondamentales.

(1) Relatées dans « Les horreurs de la paix », premier volet de cette trilogie.

CHAPITRE II

— Dick, c'est toi, c'est bien toi... Je n'ose pas... je ne peux pas y croire !

La syncope de Sheila n'a pas duré longtemps, et ses premiers mots, au réveil, ont été pour exprimer cette incrédulité qui se cramponne, qui ne veut pas la lâcher encore. Elle ajoute en me frappant du poing au creux de l'estomac, sans douceur particulière :

— Tu as tellement changé, physiquement...

J'encaisse le coup en souplesse, dans des abdominaux brusquement contractés, sous la couche de graisse qui me matelasse la brioche.

— C'est vrai, je me suis laissé grossir de pas mal de kilos, j'ai coupé barbe et moustache, je me rase régulièrement le sommet du front, pour modifier l'implantation de mes cheveux, et j'ai calqué de nombreux comportements, d'attitudes familières... sur les comportements et les attitudes de Rolf... qui de son côté faisait la même chose ! Comme au temps de notre jeunesse, Sheila : les jumeaux ! Chez lui, c'était le résultat d'une sorte de nostalgie. Celle de ce « bon vieux temps » mythique à laquelle personne n'échappe. Chez moi, il n'y avait rien de plus qu'une préméditation plus ou moins consciente et assez ignoble, au fond. Celle-là même qui m'a permis de l'éliminer, finalement, et de me substituer à lui quand l'intervention de Priscilla Wolf, sa femme... enfin, la mienne... a rendu cette élimination impérative !

Non sans extérioriser, d'un profond soupir, les remords qui parfois m'assaillent :

— Une trahison comme je n'en avais jamais commise et n'en commettrai plus jamais, j'espère... mais naturellement, c'était lui ou moi...

— ... et c'est grâce à elle que je te retrouve en face de moi, aujourd'hui... à la place de cette ordure !

Je ne discute pas le qualificatif. Feu Rolf Schneider, mon ami de jeunesse Rolf Schneider, une ordure ? Sans doute. Il possédait suffisamment de facettes haïssables pour mériter l'étiquette. Mais qui ai-je été, vis-à-vis de lui, quelles que puissent être mes bonnes raisons de justifier une bonne cause, sinon précisément une ordure ? On est toujours une ordure pour quelqu'un. Le vrai problème, en fin de compte, est de s'en accommoder avec sa conscience.

Si l'on est affligé de ce bagage encombrant et qu'il vous rappelle, parfois, son existence.

Aux yeux de Sheila, l'incident est clos, la cause entendue.

— Rolf Schneider, mort et enterré sous le nom de Richard Morland. Et Richard Morland bien vivant... sous le nom et dans les fonctions de Rolf Schneider ! Jamais... jamais je ne...

Elle se laisse retomber sur les coussins du canapé. Ça grince et ça coince encore un brin, au passage. Mais plus pour longtemps. Les derniers vestiges d'incrédulité sont en train de disparaître comme ces brumes matinales qui parfois, gâchent le commencement d'une belle journée. Elle conclut en s'étirant et ronronnant son bien-être comme chatte au soleil :

— Dieu, que j'ai bien fait de risquer le paquet en venant te rechercher à Washington !

Je me suis installé près d'elle, j'ai posé sa tête sur ma cuisse et j'écarte, tendrement, les mèches de ses cheveux blonds afin de dénuder la minuscule tonsure, à peine un centimètre carré, qui recèle la trace presque invisible du passage de la dialytrode mise en place, avec une précision infaillible, par le casque stéréotaxique.

— Tu as eu beaucoup de chance, Sheila... D'être choisie pour une expérience qui n'affecte pas tes autres facultés... Qui t'a apporté, en quelque sorte, une faculté supplémentaire ! J'ai vu, trop tard, au cours d'une tournée d'inspection des services, qui était la candidate élue pour ce transfert d'A.R.N... Trop tard, je veux dire, pour empêcher une expérience largement en cours...

Elle s'étonne :

— Ce n'était donc pas la première fois que tu me voyais aujourd'hui ?

— J'ai assisté à tes débuts tâtonnants, sur ton fil... à ta progression fulgurante, sous l'influence de l'A.R.N. issu du cerveau de l'autre funambule... J'attendais mon heure, pour intervenir... Si je l'ai fait aujourd'hui, c'est parce que Freddy

Norton, patron de la section et sous-directeur de l'I.N.R.F., commençait à parler de te trépaner pour procéder à l'ablation de *ton* centre de l'équilibre, dans le cadre d'une proche extension de l'expérience...

Elle ferme les yeux, et son visage se crispe alors qu'elle projette, sur son écran mental, le spectacle du scalpel taillant et fouillant dans sa boîte crânienne ouverte par le trépan.

— Mon Dieu, quelle horreur...

— Bien modeste à côté de toutes celles qui se pratiquent ici !

Curieusement inversé par nos positions respectives, son regard me transperce.

— Mais que tu es aux premières loges pour interdire !

— N'oublie pas que je suis à présent Rolf Schneider, directeur de cet institut et chargé, par définition, de promouvoir les recherches, toutes les recherches, si avancées, si audacieuses qu'elles soient, dans tous les domaines... Non de les interdire !

— Alors, à quoi ça te sert d'occuper ce poste ?

Bonne question. Qui me réveille au moins une fois par nuit, depuis que je suis en mesure de me la poser. Importante question à laquelle je ne peux que riposter, en toute franchise :

— D'abord à sauver ma peau, Sheila. Tant que je pourrai prolonger l'imposture. Pour le reste... je n'ai pas encore trouvé la réponse.

Il y a un silence au bout duquel sa main quitte son flanc pour venir me caresser la joue.

— Pardonne-moi, Dick... Je suis encore une

sale gosse qui attend tout de son héros... y compris ce qu'il n'est pas en son pouvoir de lui donner... pas encore !

Après ça, elle se relève d'un bond, et nous faisons honneur au petit souper préparé sur la table. Plus tard, c'est Sheila qui, le regard pétillant des bulles du champagne, m'entraîne, gaminement, vers la chambre à coucher contiguë.

— Tu te souviens, à la ferme, quand je venais te voir la nuit et que je t'accusais de ne pas m'aimer parce que tu hésitais à me garder trop longtemps dans tes bras ?

— Tu parles si je m'en souviens ! Je n'avais pas envie que ton grand-père me casse la gueule pour avoir déshonoré sa petite-fille ! Il est terrible, Papy ! Et c'est un colosse !

Elle s'attriste :

— Il a beaucoup baissé, depuis que tu es parti... et d'ailleurs, ce n'était pas ça du tout ! Tu m'estimais encore trop jeune pour...

Campée au milieu de la chambre, elle m'offre un strip-tease ingénu qui rapidement, l'expose à mes yeux dans tout l'éclat de sa beauté juvénile. Juvénile, mais adorablement curviligne partout où ça compte et sexy en diable dans son attente.

— Est-ce que tu m'estimes toujours trop jeune pour...

Je la soulève de terre et la dépose sur le grand lit et pendant qu'elle se glisse entre les draps, assortis vivement nos costumes. Elle tremble un peu quand je l'enlace. Impatience ? Appréhension au contact effroyablement concret, sur sa peau, de mon affreux désir de mâle ? Elle tremble comme toutes les vierges ont tremblé, depuis que l'homme est sorti des cavernes. Et je tremble comme ont tremblé tous les hommes dignes de ce nom, à l'instant de commettre, avec amour, l'inévitable effraction de l'amour...

Sheila perçoit mon trouble et chuchote d'une toute petite voix :

— Pense que sans ce que tu appelles « ta trahison »... ce serait Rolf Schneider qui occuperait actuellement ta place !

Elle a trouvé l'argument qu'il fallait et qui ne m'empêche pas de me montrer patient et savant et doux et de la bercer, de la caresser, tendrement, jusqu'à ce que nous n'en puissions plus, l'un comme l'autre, et que le vieil instinct génésique se charge du reste.

Et que je l'écoute respirer, tard dans la nuit, plus paisible et sûr de moi que je me suis senti depuis des siècles, et fier et heureux, pour son « inauguration », de l'avoir aimée.

***

Pédérick Norton fait la gueule, quand je lui signifie ma volonté de conserver mon « joujou » pour un temps indéterminé. Il allègue la qualité de cobaye en cours d'expérimentation de Sheila, mais c'est un argument qui ne tient guère dans la mesure où ce genre d'expérience ne s'effectue jamais sur un seul mais sur deux, cinq, dix sujets à la fois, et que mon caprice ne l'empêchera nullement de poursuivre ses travaux sur la transmission physique des talents acquis par transfert d'A.R.N. programmé. Je me débrouille d'ailleurs pour lui coller dans les pattes une espèce d'éphèbe beau comme un jeune dieu en quête d'un protecteur et ça marche si fabuleusement, entre eux, que je me demande si le bon Freddy m'a jamais aimé pour moi-même ou pour ma position hiérarchique !

Involontairement, Sheila y met du sien en continuant à s'entraîner, de son plein gré, sur ce fameux câble. Dès qu'elle reste plus d'un jour ou deux sans aller exercer ses talents, au gymnase, elle devient nerveuse tant la danse aérienne, sur le fil, fait à présent partie intégrante de sa personnalité. Pour Norton, un motif de très grande satisfaction, car tout se passe exactement comme si, en transmettant les dispositions nécessaires à l'exercice de la faculté concernée, l'A.R.N. transmettait aussi le besoin, le désir de la mettre en pratique. Une conclusion qui, sur le plan scientifique, est loin d'être dépourvue d'intérêt...

Inutile de dire que je ne m'y oppose nullement, pourvu qu'il soit bien clair que Sheila, jusqu'à nouvel avis de ma part, est désormais intouchable. Un « nouvel avis » qui risque de se faire attendre ! Et tranquille, provisoirement, du côté de Norton, j'entreprends, en toute quiétude, de parfaire l'éducation de mon « caprice ».

Première chose à laquelle Sheila se plie assez facilement : garder vis-à-vis de moi, devant témoins, une attitude soumise et respectueuse. Ne plus jamais, en outre, m'appeler Dick, mais Rolf, fût-ce dans la solitude, fût-ce dans les moments de passion débridée. Le seul moyen de ne pas commettre en public, tôt ou tard, quelque erreur révélatrice.

En plus de ça, je prends l'habitude de l'emmener avec moi, lors de ces tournées d'inspection des services qui me tiennent au courant de l'avancement des travaux en cours et de la naissance éventuelle de nouveaux programmes, dans les diverses sections. J'y vais progressivement, pour ne pas l'effaroucher, mais il y a, chez cette frêle créature, des trésors d'énergie que je ne soupçonnais pas, et qui lui permettent d'encaisser sans réaction perceptible, du moins en public, les chocs très durs associés à ces visites.

Dont nous ne reparlons que le soir, en tête à tête. Après la cérémonie quotidienne de détection des « punaises », comme on continue d'appeler, depuis le XXe siècle, les minimicros cachés dans les boiseries ! Je doute que dans l'état actuel des choses, qui que ce soit se risquerait à jouer ce tour au directeur de l'I.N.R.F., mais c'est lc jour où la souris oublie l'existence du chat qu'une paire de mâchoires avides peut enfin se refermer sur sa nuque !

Je viens de désactiver le système détecteur, ce soir-là, lorsque ma compagne halète d'une voix contenue :

— Je suis fatiguée, Rolf... On raconte beaucoup de choses, à l'extérieur... mais jamais... jamais ce qu'on imagine ne va aussi loin que les réalités de l'I.N.R.F. !

Je me retourne vers elle, alarmé par ses intonations inhabituelles. Me hâte de traverser la pièce pour venir la prendre dans mes bras.

— Chérie... Tu ne vas pas craquer... pas maintenant ! J'ai besoin de toi, tu comprends ? J'ai besoin que tu t'aguerrisses à ces choses afin que nous puissions en discuter tous les deux... décider ensemble de ce que nous devons et pouvons faire...

— C'est toi le patron, Rolf...

— Et c'est toi ma conscience... mais n'oublie pas que bien que directeur en titre de l'I.N.R.F., je ne puis absolument rien faire sans en référer, d'abord, au Conseil des Hiérarques.

Je la sens qui respire profondément, lentement, comme quelqu'un qui cherche à maîtriser son tumulte intérieur.

— T'es-tu jamais demandé si ces pauvres gens « décervelés »... qui restent des journées entières les yeux dans le vague ou répètent indéfiniment le même geste sans signification parce qu'ils ne sont plus que des porteurs de pièces anatomiques destinées aux greffes d'organes... t'es-tu jamais demandé s'il subsistait, dans cette partie de leur cerveau qu'on leur a laissée, le moindre sentiment de leur propre identité ? De leur impuissance à modifier leur sort ? Même s'ils n'en ont qu'une lueur... un flash... de très loin en très loin... as-tu jamais mesuré l'horreur de cette seconde ?

Je lui caresse les cheveux, doucement, pour la bonne raison que je ne sais que répondre. Car « décervelés » n'est qu'un mot. Ceux qu'on appelle, improprement, les « amputés du cerveau » n'ont subi, en fait, que de larges lobotomies qui les rendent incapables de toute initiative, y compris celle de se détruire, mais ne les prive certainement pas de toute conscience d'eux-mêmes et de leur détresse irréversible.

De sorte que leur enfer intérieur ne saurait probablement se mesurer en secondes ou fractions de seconde, comme le pense Sheila, mais en minutes, voire en heures plus longues que des siècles. Un détail dont la Hiérarchie se soucie comme de son premier cobaye humain, mais ça, je m'abstiens de lui dire alors qu'elle enchaîne :

— Et ces pantins... ces marionnettes de chair et d'os commandés par les stimorécepteurs implantés dans leur tête... Est-ce que toutes ces choses grotesques, révoltantes, qu'ils leur font faire par téléguidage, entrent vraiment dans le cadre d'un programme de recherche scientifique ?... Est-ce que ces pauvres robots humains n'ont pas clairement conscience de ce qu'ils sont, et de ce qu'on leur fait faire ?... Cet institut est pourri, Rolf ! Ce qui revient à dire que le Conseil des Hiérarques doit être pourri, lui aussi, qui non seulement tolère, mais orchestre ces choses !... Que sont ces gens-là, Rolf ? Que sont exactement les monstres à face humaine du Conseil des Hiérarques ?

J'essaie de le lui dire, mais une meilleure réponse lui est fournie, quelques jours plus tard, lorsque Priscilla Wolf, épouse légale de Rolf Schneider et fille du Hiérarque Suprême, débarque sans se faire annoncer, le front à l'orage.

— *Qu'est-ce que c'est que ça ?*

Si violente est l'apostrophe que Sheila se fait toute petite, dans son coin. Je m'interpose.

— Elle s'appelle Sheila. Tu as tes amants, Prissy ! Je suppose que tu ne prétends pas m'interdire mes maîtresses !

Dressée de toute sa taille, l'amazone gainée de cuir s'esclaffe :

— *Tes* maîtresses ! Toujours aussi bluffeur, Rolf... alors que le sexe n'a jamais été ton point fort ! Mais trêve de plaisanteries... Je suis venue te parler de l'opération Pacemaker Cérébral, dont la dernière phase semble faire long feu.

Je tergiverse :

— Long feu ? Dans quel sens ?

Elle tranche :

— Dans le sens où un pétard mouillé fait long feu ! Même en déployant toutes nos ressources, nous n'arriverons pas à couvrir la totalité de la population. Et plus grave encore, il semblerait que certains parents tentent de soustraire leurs enfants à l'implantation légale du pacemaker. Des cas isolés, pour l'instant... mais un symptôme que je n'aime guère !

— Et dont l'origine serait, d'après toi ?

Le visage altier, figé dans une expression de mépris souverain, se craquèle, brièvement, en ridules sardoniques et reprend aussitôt sa beauté glacée, pétrifiée.

— Tu devrais sortir un peu plus, Rolf, ou l'on finira par te confondre avec l'un de tes propres rats de laboratoire ! Et je ne voudrais pas être à ta place si jamais ça se produit un jour...

Elle laisse tomber la voix dans le grave, en détachant bien les syllabes pour que ne soit pas perdu le sens réel de sa menace implicite. Car c'en est une. Dans la mesure où tous les « rats de laboratoire » sont humains, à l'I.N.R.F. Où toute confusion... organisée, avec l'un d'eux, signifierait la fin de Rolf Schneider. Rolf Schneider qu'elle a fait. En l'épousant. Avant de s'apercevoir qu'il ne répondait pas du tout à ce qu'elle attendait d'un mari. Rolf Schneider que par conséquent, elle peut défaire... et ce ne sera pas une grande consolation, si la lourde patte de la famille Wolf s'abat sur moi, un de ses jours, que de mourir sous un nom qui ne sera pas le mien, dans une carcasse qui sera censée appartenir à quelqu'un d'autre !

Puis Priscilla Wolf sourit, de nouveau. Un de ses sourires froids qui n'ont jamais le temps de monter jusqu'aux yeux. Une fois de plus, son humeur a changé et c'est d'un ton enjoué, presque insouciant, qu'elle déclare :

— L'origine de cette ébauche de revirement d'une opinion publique qui paraissait définitivement acquise au projet initial, c'est une certaine rumeur qui circule sous le manteau, Rolf. Une rumeur selon laquelle l'implantation généralisée du pacemaker cérébral aurait... d'autres finalités que la santé publique !

Je risque :

— La vérité, en fait !

Elle a un regard instinctif en direction de Sheila, mais la conclusion immédiate se lit sur son visage : quel genre de « témoin gênant » peut représenter une fille qui ne ressortira jamais de l'enceinte de l'institut ? Finira, comme les autres, sur quelque table de vivisection, quand elle aura cessé de plaire ? Et c'est avec un enjouement renouvelé qu'elle approuve, en caressant distraitement le synthobois lisse d'une petite table :

— La vérité, c'est vrai ! Mais toutes les vérités ne sont pas bonnes à dire. Un cliché qui reflète la sagesse des nations, Rolf. Il faut remonter aux sources de cette rumeur. J'ai mes propres agents qui travaillent là-dessus, dehors, sur le terrain. Mais il faut que l'I.N.R.F. fasse également quelque chose pour étouffer la rumeur et restaurer la confiance de la population...

Brusquement, le sujet semble avoir perdu tout intérêt pour elle et l'instant d'après, elle repart comme elle est venue, les talons durs de ses bottes réussissant à claquer, malgré l'épaisseur du tapis, sur le sol de bétoplast, au rythme de sa démarche garçonnière. Je referme la porte, derrière elle, alors que femme jusqu'au bout des ongles, Sheila pose la seule question qui ne me serait pas venue à l'idée :

— Quel âge a-t-elle ?

— Quelque part entre cinquante et soixante...

— Elle est extraordinaire !

— C'est vrai, elle est toujours très belle...

Simultanément, je griffonne :

« Poursuis sur le thème ! »

Elle pige au quart de tour. Enchaîne dans sa foulée :

— Je ne comprends pas, Rolf... je ne comprends pas comment tu as pu te séparer d'une telle femme !

Bien installé dans mon personnage de Rolf Schneider, je hausse furieusement les épaules.

— Priscilla Wolf n'est pas une femme qu'un

homme peut prendre ou délaisser quand ça lui chante... comme toi, Sheila ! Priscilla est une femme qui prend et qui désire que pour elle, un homme soit toujours disponible. A ses yeux, la puissance dont elle dispose ne se dissocie pas de la puissance sexuelle, et tu as entendu son opinion sur mes capacités dans ce domaine !

— Une opinion que je ne partage pas, Rolf !

— Mais tu n'es pas Priscilla...

Je désigne, sur l'écran mural du système de détection, la sinusoïde qui prouve que tandis que nous parlons, un minimicro caché quelque part diffuse fidèlement toutes nos paroles. Puis, sans cesser de broder autour du sujet « Priscilla », je retourne auprès de cette petite table qu'elle a caressée distraitement, d'un geste empreint de féminité qui ne lui ressemblait guère.

Les « punaises », aujourd'hui, sont microscopiques. Mais le synthobois est une matière si lisse que je sens, au toucher, la minuscule aspérité de celle que le pouce de Priscilla Wolf-Schneider a collée sous le rebord du plateau.

Pas question de la détruire tout de suite. Je n'avais aucune raison de soupçonner qu'une des premières dames du gouvernement telle que Priscilla Wolf pût s'abaisser elle-même à ce genre d'initiative. Découvrir immédiatement la « punaise » et l'éliminer serait une réaction suspecte révélant, chez moi, une méfiance déplacée, donc une angoisse latente et disproportionnée. Je ne détruirai la « punaise » que demain soir, lors de la vérification de routine à laquelle procèdent quotidiennement les personnages importants du régime.

Difficile de terminer la soirée, dans ces conditions, en restant parfaitement naturels, mais Sheila, une fois de plus, a l'idée qu'il faut. Elle gronde sur un ton semi-parodique :

— Viens, Rolf... Je vais te montrer si je ne suis pas Priscilla !

Et si la personne évoquée demeure à l'écoute, elle n'entend plus, à partir de là, que les grognements, soupirs et râles qui constituent l'accompagnement normal d'une étreinte passionnée.

Tard dans la nuit, auprès de Sheila qui dort comme une enfant, la tête nichée au creux de mon épaule, j'essaie de faire le point sur ma position de directeur par substitution de l'Institut National de Recherches Fondamentales.

J'ai sauvé ma peau, une première fois, en usurpant le personnage de Rolf Schneider. Mais il est bien évident qu'à la première enquête tant soit peu approfondie, à la première vérification tentée, à la première anomalie constatée, l'imposture s'effondrera comme un château de cartes !

J'ai, durant mes huit années passées dans la clandestinité, connu des batailles infiniment plus meurtrières. Des affrontements sanglants, avec les anti-refs, au cours desquels il fallait combattre, l'arme au poing. Tuer pour ne pas être tué.

La bataille qui a commencé ce soir, sournoise, insidieuse, fait et fera beaucoup moins de bruit.

Mais quelque chose me dit que ce sera probablement la pire à laquelle il m'ait été imposé de participer.

Et qui restera telle aussi longtemps que je n'en connaîtrai pas toutes les données.

CHAPITRE III

A chaque session du Conseil des Hiérarques — dont le retour hebdomadaire n'exclut pas, de loin en loin, une ou plusieurs sessions « extraordinaires » nécessitées par l'actualité — tout dignitaire du régime est tenu de se présenter en grand uniforme.

Une tradition qui m'agace, mais qui me rassure, en dépit des préparatifs fastidieux qu'elle sous-entend. Car cette transformation régulière en pantin officiel galonné, amidonné, stéréotypé, achève de rendre hautement improbable l'éventualité d'une identification fortuite par quelque « collègue » plus perspicace que les autres.

Non qu'une telle éventualité soit même envisageable, à ce stade. Si l'imposture marche avec Priscilla Wolf qui fut ma, enfin qui fut *sa* femme, avec mes proches collaborateurs et avec mes domestiques, comment quelqu'un de plus éloigné pourrait-il éventer la supercherie ? Chaque semaine qui passe, d'autre part, habitue un peu plus tous ces guignols à me considérer, moi, comme le vrai Rolf Schneider. Avec toutes ces petites différences morphologiques et comportementales qui auraient peut-être pu les alerter, au début, mais que leur cerveau a désormais intégrées. Pour eux, en l'absence de ce seul terme de comparaison à présent indisponible et pour cause, la copie est devenue l'original et le devient un peu plus chaque jour.

Unique danger rémanent : l'ouverture, au moindre soupçon, d'une enquête tant soit peut poussée. Voilà pourquoi je dois me garder de susciter un tel soupçon pouvant conduire à une telle enquête. Voilà pourquoi l'attitude de Priscilla Wolf, à cette session du Conseil, me comble d'allégresse :

— Toujours en pleine forme, Rolf ? Je me trompe ou cette petite que j'ai aperçue l'autre soir te fait un bien considérable ?

Je claque des talons et m'incline ainsi que l'exigent les règles de l'étiquette intérieure entre Hiérarques de niveaux différents, et celui de Priscilla Wolf se situe là-haut, tout en haut de l'échelle.

— Sheila est aussi modeste et soumise que pleine de bon sens, Prissy... Soit dit en passant, tu lui as produit une grosse impression, l'autre soir. Elle t'admire beaucoup, depuis cette rencontre !

Sa mimique approbatrice et la forme prise par ses lèvres expriment un « Je sais ! » qu'elle ne prononce pas, mais que je reçois aussi clairement que si elle était allée jusqu'au bout de sa réponse instinctive. Quels que soient les autres défauts ou les autres qualités, selon les points de vue, de Priscilla Wolf, la dissimulation n'en fait pas partie. Elle secoue la tête à cet aveu avorté, implicite, d'écoute d'une conversation qui la concernait ! Conclut dans un éclat de rire :

— Tu as toujours eu des femmes qui valaient mieux que toi, Rolf Schneider !

Penchée en avant, la mine confidentielle :

— Et savante au lit, j'espère ?

Je renouvelle ma courbette réglementaire.

— Moins que toi... mais aussi moins exigeante ! Tu étais... largement au-dessus de mes moyens, Priscilla !

Elle rit de bon cœur, une fois de plus. Satisfaite du compliment. Priscilla est une créature qui aime dominer, dans tous les domaines.

— Une franchise qui t'honore, Rolf !

Et je m'incline, derechef, afin de lui poser, en retour, la question prescrite par le savoir-vivre :

— Et toi ? Pleinement comblée comme tu le désires et comme tu le mérites ?

— Pleinement, merci !

Non sans un sourire carnassier, dangereux comme un rictus d'animal prédateur :

— D'ailleurs, je ne t'ai envoyé récemment aucun cobaye pour tes petites expériences, non ?

Là-dessus, elle tourne les talons pour aller trôner, avec les siens, sur le podium qui leur est réservé. Et j'essuie, discrètement, les gouttelettes de sueur qui emperlent mon front moite. Bilan positif, pour le moment : ces quelques répliques qu'elle a surprises, l'autre soir, l'ont mise d'excellente humeur et bien disposée à l'égard de Sheila. Que demander de plus ? Au fond, rien n'a changé, par rapport à l'*underground*. La sécurité, la survie, se gagnent au jour le jour. Les méthodes sont différentes, mais en cas de malheur, les résultats seraient les mêmes !

J'ai pour voisin, comme de coutume, Frederick Norton, mais nous n'avons pas le temps d'échanger plus que le salut rituel de rigueur, car le Hiérarque Suprême vient de prononcer le commencement de la séance. Il est âgé. Très âgé. Plus de cent ans, je pense. Mais sa voix est toujours incisive lorsqu'il ordonne au premier rapporteur de refaire brièvement l'historique du premier sujet à l'ordre du jour.

Il s'agit, naturellement, de cette Opération Pacemaker Cérébral qui serait, paraît-il, entrée dans une nouvelle phase. Appuyé sur une propagande qui mettait l'accent sur la suppression des stress responsables, par « minage du terrain », d'une grande partie des cancers et des maladies cardiovasculaires, le pacemaker cérébral a connu, tout d'abord, un succès considérable. Les gens se battaient, littéralement, pour recevoir le miraculeux petit appareil et le faire implanter à leurs enfants.

Je passe sur les fluctuations de l'opinion publique et les divers moyens employés pour convaincre l'homme de la rue que le pacemaker cérébral était la panacée, la réponse à toutes les peurs et à tous les espoirs des malades en puissance. Que l'enthousiasme s'apaise, aujourd'hui, alors que la totalité de la population n'est pas encore implantée, c'est une réaction normale. Tardive, mais normale. J'aurais cru mes contemporains suffisamment avisés pour bouder le programme en masse, et beaucoup plus tôt que ça ! Quoi qu'il en soit, l'évolution récente du phénomène présente des particularités assez inquiétantes pour qu'à la suite de ce résumé, le Hiérarque Suprême reprenne solennellement la parole :

— Non seulement l'opération n'est pas allée jusqu'au bout, obligeant les Brigades Anti-Réfractaires à intervenir de façon déplaisante... mais il semblerait, d'après certains bruits, que certaines des personnes implantées aurait commencé à se faire ôter, clandestinement, leur pacemaker cérébral... fût-ce au prix des risques majeurs engendrés par des conditions matérielles plus ou moins rudimentaires... Un revirement qui serait dû, semble-t-il, à certaine rumeur selon laquelle l'appareil implanté pourrait permettre à la Hiérarchie de contrôler et manipuler ultérieurement les foules... par radio... au gré de sa fantaisie !

Qui croit-il tromper en parlant au conditionnel, le Grand Hiérarque, alors que telle est exactement la finalité réelle du pacemaker : fournir à courte échéance une possibilité de contrôle global des populations implantées ? Est-il possible qu'il soit gâteux ? Que son vieux cerveau plus que séculaire soit assez ramolli pour croire à ses propres balivernes ?

Je sursaute en l'entendant nommer Rolf Schneider et me lève respectueusement, les tripes nouées, tandis qu'il poursuit :

— Rolf Schneider... vous qui avez fortement contribué au succès de l'opération, en baptisant l'appareil « pacemaker cérébral », par analogie avec ces millions de pacemakers cardiaques déjà implantés, dans le monde entier, pour le plus grand bien des personnes âgées... quels remèdes proposeriez-vous d'apporter à cette situation imprévue ?

La mise en cause directe, par le Hiérarque Suprême, au cours d'un conseil, n'est jamais une position confortable, et je ne suis que trop conscient du silence absolu qui m'entoure alors que j'improvise :

— En plus des efforts déployés pour remonter à l'origine de la rumeur subversive, Grand Hiérarque, je crois qu'il ne faut menacer de représailles... ni ceux qui se dérobent à l'implantation du pacemaker cérébral, ni ceux qui selon ces fameux bruits, feraient extraire leur appareil dans des conditions insensées ! Toute répression, comme vous le savez, Grand Hiérarque, appelle un raidissement, une résistance qui risqueraient, dans ce cas, d'avoir des effets contraires à ceux que nous recherchons. Je crois qu'il faut déplorer officiellement, avec arguments à l'appui, les faits dont il est question. Plaindre les malheureux qui se sont laissés ou se laisseront abuser par des propagandes néfastes. Et surtout... surtout... en contrepartie des rumeurs enregistrées, je crois, Grand Hiérarque, qu'il faut en faire semer d'autres, par nos agents... visant à accréditer la thèse selon laquelle les pauvres fous avides, on ne sait trop pourquoi, de se débarrasser de leur pacemaker cérébral, meurent presque tous à la suite d'interventions maladroites pratiquées dans des conditions absurdes. Voilà, Grand Hiérarque ! Voilà quels remèdes je proposerais à cette situation qui...

Il ne dit rien, le Grand Hiérarque, lorsque je m'incline dans sa direction et, sur un geste automatique de sa part, retombe, les jambes molles, dans mon fauteuil. Il consulte, autour de lui, les Hiérarques du dernier échelon, puis annonce la mise aux voix des mesures que je préconise. Moment délicat, moment redouté entre tous à l'occasion duquel personne, jamais, ne vote en son âme et conscience mais s'efforce, avant de lever le bras, de deviner quel est le sentiment des grosses têtes sur le sujet donné.

Le flottement qui suit la sonnerie traditionnelle est particulièrement pénible, et je dois dire que Pédérick Norton est un des premiers à lever son petit poing pour appuyer ma thèse. Un geste qui pourrait lui rapporter gros... si je penchais le moins du monde dans le sens où il a roulé lui-même, depuis belle lurette. Puis la forêt des bras levés s'épaissit, Priscilla lève le sien, suivie du Grand Hiérarque, et le tout se termine par une véritable ovation qui fait vibrer longuement les vitres à l'épreuve des projectiles balistiques de la salle du conseil.

La pression d'une main peloteuse, sur ma rotule, me confirme que je viens de marquer un nouveau point. Et surtout, à la fin de la session, l'empressement de Priscilla elle-même à m'intercepter, sur le chemin de la sortie, pour me témoigner sa satisfaction... et sa surprise.

— Il y avait, il y a des tas de choses incompatibles, entre nous, Rolf, mais tu m'étonneras toujours !

— Je n'ai rien dit que les spécialistes de la section propagande et sémantique appliquée n'auraient pu conclure eux-mêmes, Prissy.

— Mais tu l'as dit sans demander trois semaines pour établir un rapport et surtout, tu l'as dit de la façon qui pouvait convaincre le vieux. Il va falloir que tu viennes dîner chez moi, un de ces soirs, Rolf... Après tout, nous avons des tas de souvenirs communs !

Je m'incline devant l'hommage qui m'est rendu, publiquement, par la fille du Hiérarque Suprême.

Un hommage auquel, j'espère, Priscilla Wolf ne se pressera pas trop de donner suite.

Moins mon épouse officielle fera mine de s'intéresser à mon sort, plus je dormirai tranquille.

Et la perspective d'un dîner en sa compagnie, sous son toit, ne correspond pas exactement à l'idée que je me fais d'une bonne soirée.

*
**

En rentrant du conseil, je me surprends à prêter une attention inhabituelle au spectacle de la rue.

Bien sûr, nous sommes à Washington, siège du gouvernement et ville close par excellence, où personne ne circule qui n'y soit dûment autorisé et ne puisse justifier, à tout instant, de sa fonction et de l'affaire précise qui l'occupe au moment où la question lui est adressée. Et cependant, malgré ce carcan intangible et latent posé sur les libertés individuelles, quelque chose, dans l'atmosphère de la capitale, a subtilement changé.

Un, c'est un nombre plus important d'anti-refs, sur les trottoirs. Qui se baladent en dardant de droite et de gauche des regards plus attentifs, plus tendus, et procèdent à des vérifications d'identité plus fréquentes que de coutume.

Deux, c'est l'attitude d'un attroupement, autour d'une de ces vérifications d'identité, un incident que les gens de Washington prennent toujours dans la discipline et la bonne humeur. Pas aujourd'hui. Je sens, chez les spectateurs immobiles, la même attention, la même attente que chez les anti-refs dont je remarque, en passant, les étuis débouclés, les armes de poing prêtes à prendre l'air au moindre symptôme d'agressivité.

Trois, ce sont les yeux qui regardent arriver, aux carrefours, ma voiture et celle de Norton et deux autres qui regagnent également l'I.N.R.F. Avec des expressions spéculatives ou pis encore, soigneusement indifférentes, comme si tous ces gens-là se posaient, à notre sujet, des problèmes inhabituels. Je repère, même, quelques poings serrés et ce n'est pas à cause du froid : l'hiver vient de se terminer et il règne, sur la ville, une chaleur douce annonciatrice du printemps.

Autant de détails que je relève ou crois relever parce que je les cherche et qui étaient peut-être déjà là, lors de ma dernière sortie, mais que je n'avais pas vus parce que je rentrais au bercail sans regarder autour de moi, dans ma tour d'ivoire ambulante ? Autant de détails qui font que l'atmosphère de la capitale a changé, hier ou la semaine dernière ou le mois d'avant, c'est indubitable, et que je m'en aperçois aujourd'hui. Jusqu'à éprouver, dans mes os, les effets de cette tension dont je relève ou crois relever partout les symptômes.

C'est probablement à cause de ce malaise, et de l'angoisse diffuse qu'il engendre dans ma carcasse, que je repère soudain le miroitement du soleil sur un objet métallique dont la présence, perché dans les ruines du vieux monument négligé, en instance de démolition, élevé à la gloire d'un barbu ascétique nommé Abraham Lincoln, me paraît assez incongrue. Une sorte de tube braqué droit vers nous comme un canon qui prendrait l'avenue en enfilade...

Comme un canon qui...

Cultivé, dans l'*underground,* durant plus de huit années, ce bon vieil instinct de conservation ne me laisse pas de loisir de m'interroger sur la gueule que je vais faire si jamais je me suis fourré le doigt dans l'œil ! Je plonge par-dessus le dossier du siège en hurlant à mon chauffeur un avertissement inutile puisque dans le même temps, j'empoigne les commandes et lance le véhicule sur le trottoir, à travers une chaussée dégagée, à notre approche, par les régulateurs de circulation.

La rencontre tangentielle, avec le décor, est plutôt rude. J'entrevois le visage convulsé de mon chauffeur, retourné vers moi avec cette expression de terreur et de surprise qu'il est, somme toute, assez légitime d'éprouver quand votre employeur se révèle subitement parano !

Toutefois, je ne m'en fais pas trop pour ma

réputation car simultanément, je vois jaillir, là-bas, du coin de l'œil, l'éclair signalant le départ d'un missile...

La suite se passe sur un rythme accéléré, frénétique.

Une, on en prend un bon coup dans le cul, et je réalise que c'est la voiture de Norton qui vient de nous rentrer dedans. Est-ce que par hasard le véhicule aurait les mêmes penchants que son patron ?

Deux, la roquette tirée par Lincoln touche, de plein fouet, le troisième véhicule et c'est une roquette incendiaire dont le contenu asperge l'ensemble de la voiture, l'enfermant, en un clin d'œil, dans un cocon ardent de fumée et de flammes.

Trois, Lincoln récidive et la voiture en feu ayant dévié de sa route, la seconde roquette touche le dernier véhicule... avec un résultat similaire.

Quatre, les occupants des deux voitures incendiées tentent une sortie générale, c'est tout ce qu'il leur reste à faire, et roulent, criant leur souffrance, sur la chaussée de bétoplast. Torches vivantes dévorées par un feu plus ardent que tous ceux de l'Enfer !

Les anti-refs de service sur le passage du convoi, dont deux au moins ont morflé des éclaboussures, se précipitent à la rescousse. Ils ont le réflexe prompt et l'intervention rapide, et tandis que certains d'entre eux essaient de porter secours aux victimes, j'en vois déjà, au bout de l'avenue, qui commencent à canarder ce pauvre Lincoln que les pigeons et les siècles avaient suffisamment éprouvé comme ça ! Tirée au lance-missiles portatif, une roquette explosive envoie dinguer au diable sa tête chenue, couronnée de blanc par des générations d'oiseaux iconoclastes...

Une espèce de pieuvre m'enlace fébrilement, et je retombe sur terre avec un Pédérick Norton cramponné à moi de tous ses tentacules, les yeux aux trois quarts sortis de leurs orbites.

— Quand je pense que si votre chauffeur n'avait pas réagi aussi vite... et que si le mien ne vous avait pas suivi, d'instinct... C'est un miracle !

Un miracle que moi, le directeur, lui, le sous-directeur de l'I.N.R.F., qui étions visés, ayons été épargnés. Et tant pis si les cinq ou six fonctionnaires de moindres grades, plus les deux chauffeurs qui nous suivaient en ont pris plein la gueule ! Eux, ne doivent plus croire aux miracles. S'ils sont encore en état de croire à quelque chose...

Je me dégage en souplesse afin de laisser Norton larmoyer et se congratuler tout seul, sur le trottoir. Au bout d'un moment, une voiture-patrouille des Brigades Anti-Réfractaires rapplique de chez Lincoln et le sergent me présente son rapport. Tube lance-missiles de gros calibre, de type bazooka, mais à répétition, scellé sur le monument au bétoplast à prise rapide et déclenché, à l'instant crucial, par télécommande. Une équipe de prétendus démolisseurs aurait travaillé, la veille, sur l'emplacement, et c'est dans cette direction que s'orientera l'enquête.

Franchement, je doute qu'elle aboutisse. A la limite, je ne le souhaite pas puisque ces gens-là et moi, en dernière analyse, visons, par des moyens différents, à servir la même cause. J'aurais mauvaise grâce à leur en vouloir puisque en essayant de me passer au barbecue, ils croyaient éliminer Rolf Schneider, le grand responsable de cette usine à pondre des méthodes d'asservissement de la population qu'est, avant toute autre chose, l'Institut National de Recherches Fondamentales. C'est le genre de truc qui peut arriver, quand tu portes l'uniforme d'une armée qui n'est pas la tienne. A plus forte raison lorsque, sous l'uniforme, tu prétends, de surcroît, habiter, sous un autre nom, une autre carcasse !

A noter que ça ne m'aurait pas consolé si les « refs », par erreur, m'avaient effectivement pété la gueule !

Je remercie le sergent et le renvoie vaquer aux affaires courantes. Les B.A.R. sont en train de boucler le secteur, à grand renfort de sirènes et d'agitation frénétique.

Mais trop tard ! Si ce lance-missiles a été mis en place pour fonctionner par télécommande, c'est que les organisateurs du complot ne sont pas du genre kamikaze et doivent être loin, bien loin, à l'heure qu'il est !

Norton sollicite humblement l'honneur et le réconfort d'achever le trajet dans ma voiture. Je n'ai pas le courage de lui refuser ça. Ni même de le repousser méchamment quand il se colle à moi, sur le siège arrière.

— Réalisez-vous pleinement, Rolf, que la

mise en place audacieuse… l'orientation implacable de ce bazooka… la précision de ces deux tirs… démontrent un génie de l'organisation… une connaissance approfondie de nos habitudes… au sortir des sessions du Conseil des Hiérarques ?

Tu parles, si je réalise ! C'est même la première chose que j'ai réalisée. Je ne veux pas augmenter sa détresse, à ce pauvre biquet, mais il est évident que ceux qui nous ont dans le collimateur ne sont pas des jean-foutres et se donnent la peine de bien préparer leurs coups ! Avec pour corollaire la quasi-certitude qu'ils recommenceront tôt ou tard et que ce jour-là, mon chauffeur, comme il dit, ne réagira peut-être pas aussi vite !

C'est avec soulagement que je le sème à l'entrée de l'Institut et rejoins Sheila, dare-dare. Elle a vu les premières images prises sur le vif, à la tridi, et se rue dans mes bras, sanglotante.

— Dick… oh, Dick… quand je pense que tu aurais pu…

— Mais ça ne s'est pas produit, mon ange… Le petit père *Rolf Schneider* est plus dur à tuer que ça, Dieu merci !

L'accent tonique placé sur le nom de Rolf Schneider visant à lui rappeler que bouleversée ou non, elle doit m'appeler Rolf et non Dick !

Après ça, je m'empresse de vérifier que nulle « punaise » n'est venue se nicher dans le bois de lit, entre-temps. Ce n'est pas le cas, mais l'incident souligne, une fois de plus, le danger qui s'attache à toute usurpation d'identité ! Au premier choc psychologique, à la moindre émotion violente... Ou alors, il faudrait vivre seul. Sur une île déserte !

— Rolf, pardonne-moi mon impair de tout à l'heure, j'étais si...

— Je sais, mon ange, je sais... et ce n'est pas bien grave puisque personne n'était à l'écoute. Ça pourra même nous éviter une autre erreur plus dangereuse...

Elle me dédie un regard de gratitude. Enchaîne, dans un frisson :

— Mais ça ne peut pas continuer comme ça, Rolf ! Il ne faut pas que tu coures le risque d'autres attaques du même genre, dirigées contre Rolf Schneider, alors que...

Je suis bien d'accord avec elle. Mais dans l'état actuel des choses, comment pourrais-je faire savoir aux *autres* que Rolf Schneider n'est pas Rolf Schneider, et que Dick Morland est toujours avec eux ?

D'ailleurs, même si je trouvais le moyen de le leur faire savoir, est-ce que la situation ne serait pas encore plus explosive ? Tant de gens partageraient le « secret » que les espions de la Hiérarchie ne tarderaient pas à être au courant de l'imposture.

Non, la seule méthode praticable est de laisser subsister le statu quo. Pour l'instant. Et de voir venir.

En espérant que la prochaine fois qu'un missile se crachera dans ma direction, je le verrai venir, effectivement.

A temps pour me sortir de la trajectoire en confiant généreusement à d'autres le soin de griller à ma place !

CHAPITRE IV

Comme si la violence avait, en explosant, libéré une vanne bloquée par la rouille, l'attentat commis sous l'égide d'Abraham Lincoln — au prix de sa tête — réveille, dans tout le pays, des manifestations oubliées.

Manifestations discrètes telles que tracts répandus sur la voie publique ou slogans subversifs peinturlurés à la diable, au pistolet indélébile, sur quelque façade bien exposée... Manifestations, pas « manifs » qui offriraient leurs participants, sans violence ostensible, aux aiguilles anesthésiantes des anti-refs, puis à la psychorédemption chirurgicale ou — moins officiellement — à la perspective d'une mort au champ d'horreur, dans le cadre des activités sadoscientifiques de l'Institut que je dirige.

Rectification : que Rolf Schneider dirige. Rolf Schneider qui serait mort ce jour-là si je ne l'avais pas tué moi-même, d'une certaine manière, pour prendre sa place. Sans ce « flair du danger » acquis dans la clandestinité, je n'aurais pas repéré le fameux tube et réagi avec toute la promptitude nécessaire. Jamais le vrai

Rolf n'aurait fait ce que j'ai fait, et ça, c'est une absolue certitude !

Ce n'est donc pas sans appréhension qu'au lendemain de l'attentat, je me rends à l'invitation de Priscilla Wolf. Invitation... je dirais plutôt convocation. « Convocation à dîner », si j'ose dire, et pas question de me défiler, sous aucun prétexte ! D'accord, elle avait parlé de ce dîner *avant* l'attentat. Mais je n'en ai pas moins le moral à zéro, sur le chemin de sa résidence. Je connais Priscilla, et sa précipitation ne me dit rien qui vaille...

En remontant le *Mall,* je fais stopper un instant mon chauffeur au niveau de la *National Gallery of Art,* l'un des nombreux bâtiments historiques conservés jusqu'à nous par des insufflations périodiques de bétoplast. Manié par un virtuose, le jet filiforme d'un pistolet à peinture a projeté en cursive, sur une de ses faces latérales :

L'euphoridinisation des eaux respectait au moins LA BARRIERE DU CRANE !

Une équipe de travailleurs s'efforce d'effacer l'inscription, à la ponceuse électrique. Ils vont avoir du boulot, car le produit utilisé paraît très noir et très pénétrant. Je me demande s'ils ne feraient pas mieux de repasser tout de suite une couche épaisse d'enduit plastique, mais il est probable que quelqu'un, quelque part, au sein de quelque commission artistique, tient à conserver, au monument, la couleur et la texture des pierres d'origine !

Comme je circule, aujourd'hui, dans un véhicule banalisé, deux anti-refs rappliquent à grands pas, la main posée, sur la hanche, juste au-dessus de la crosse d'une arme prête à jaillir. Deux vraies gueules de vache qui débitent dans leur meilleur style :

— Vous ne savez peut-être pas que c'est interdit de stationner sur cette avenue ?

— Ça vous amuse, le spectacle ? Vous le trouvez drôle ?

— Identification complète, et plus vite que ça !

Un plaisir de ramener ces corniauds à leur taille réelle en me faisant connaître. J'ai beau souligner que je circule incognito, ça ne les empêche pas de se mettre au garde-à-vous comme des cons et de me dédier leur salut le plus officiel. Je secoue la tête en les regardant, mais le mal est fait, de toute manière. Voiture banalisée ou pas, s'il y a quelque part un terroriste à l'affût, il sait, maintenant, que la tire transporte une huile !

J'ouvre l'œil et débarque chez Priscilla sans un poil de sec, quoique sans autre incident notable. J'ai honte, un peu, de cette tension qui m'habite. Il ne faudrait tout de même pas que la phobie d'une nouvelle agression tourne carrément à la psychose !

Priscilla m'accueille dans ce vaste salon que je connais bien et qui s'ouvre sur un horizon holographique en trois D plus vrai que nature. Elle a programmé, ce soir, un décor romantique inondé de lune et comme, pour cacher mon trouble, je lui raconte mes émotions, me convie, gentiment, à venir me tremper avec elle, en attendant le souper, dans la piscine intérieure encastrée de sa salle de bains. Là encore, pas question de refuser. C'est une courtoisie très courante, entre intimes. Et ne sommes-nous pas toujours légitimement mariés ?

Conformément aux règles du savoir-vivre, je ne détourne pas les yeux quand elle laisse tomber sa robe d'hôtesse du style toge, agrafée sur l'épaule par une fibule de diamant, et m'extasie, en toute franchise, sur sa plastique impeccable. Elle glousse :

— Désolée de ne pouvoir te retourner le compliment, Rolf ! Tu as toujours eu des kilos en trop... et tu ne sembles pas les avoir perdus, loin de là !

Plissant les paupières avec une expression critique :

— Quoique d'une certaine façon, tes épaules me paraissent plus larges, plus solides... Tu as fait de la musculation, depuis que nous sommes séparés ?

Je descends dans la baignoire-piscine sans chercher à contenir ma brioche, au contraire. Feu Schneider était plus gros que moi. Plus mou. Cette graisse que j'ai cultivée fait partie de mon « déguisement ». Au sujet des épaules, qui ne sont évidemment pas celles de Rolf Schneider, mais d'un Dick Morland revu et corrigé en fonction de son « modèle », j'articule avec prudence :

— Désolé de te nommer quelqu'un que tu n'aimais guère, Prissy... mais pendant qu'il était là... Dick Morland m'obligeait à faire pas mal d'exercice...

Pinçant ma taille empâtée :

— ... sans parvenir à me rendre moins bâfreur, hélas !

Contrairement à ce que j'attendais, elle ne se fâche pas. Murmure en s'immergeant à son tour :

— Tu vas finir par me faire regretter de te l'avoir recommandé... en qualité de cobaye !

— Il était... tellement plus viril que moi ? C'est bien ça que tu veux dire ?

Elle hausse les épaules, l'expression rêveuse.

— Il portait la barbe et la moustache... Tu devrais essayer de porter la barbe et la moustache !

Et finir par me ressembler un peu trop à moi-même... Je m'entends riposter :

— C'est un ordre ?

Sur un ton de plaisanterie. Mais le cœur n'y est pas. Car les désirs de Priscilla Wolf, fille du Hiérarque Suprême, *sont* des ordres.

Elle soupire :

— Tout au plus une suggestion... Si le poil au menton suffisait à transformer un homme...

Et moi, je respire ! C'est quand Priscilla est la plus insultante qu'elle est, en principe, la moins dangereuse. A seule fin d'écarter la conversation de mon humble personne, je lui raconte l'histoire de l'inscription sur le mur de la vieille galerie d'art. Et sa réaction est instantanée :

— Quand l'euphoridine ajoutée aux eaux de consommation a pratiquement éliminé la violence sous toutes ses forces... nous avons eu droit aux trafiquants d'eau pure ! Maintenant que nous en sommes au pacemaker cérébral, cette même euphoridine devient la panacée parce qu'elle respectait, au moins, la « barrière du crâne » ! Cette précieuse boîte en os qu'il ne faut pas violer ! Dernier bastion de l'identité et de l'intégrité humaine ! Quand diable comprendront-ils qu'ils ne sont que des moutons ? Des moutons de Panurge sans volonté propre ! Toujours à la remorque de quelqu'un... avec ou sans pacemaker cérébral ! Quand accepteront-ils le fait évident que l'humanité n'est qu'une pâte ? Une pâte malléable qu'un petit nombre d'êtres exceptionnels peut et doit façonner à sa guise !

Tout est là, dans ce discours enfiévré. L'orgueil des « surêtres » ou qui se considèrent comme tels, leur mépris souverain de la masse anonyme, taillable et corvéable à merci, dont la seule justification est, en quelque sorte, d'offrir aux seigneurs des distractions et des jeux qu'ils ne pourraient pratiquer, s'ils étaient seuls au monde !

Elle ajoute :

— Et c'est à toi, pauvre petit Rolf... qui symbolises à leurs yeux toutes les découvertes de l'I.N.R.F... à toi qu'ils ont voulu faire payer leur propre médiocrité ! Tu ne mérites pas ça, Rolf... *quel que soit le point de vue auquel on se place !*

Toujours insultante, et là, je me sens sur un terrain plus solide, parce que c'est son humeur habituelle... mais une humeur fluctuante qui se traduit, tout à coup, par un de ses drôles de sourires carnassiers, périlleusement angéliques :

— Et pourtant, tu m'as étonnée... plus d'une

fois, depuis quelque temps... Par certaines de tes décisions... de tes déclarations devant le Conseil des Hiérarques... et aussi... et surtout... en te sortant de cet attentat d'hier après-midi... Tout ça ne te ressemble pas, Rolf... tout ça ne ressemble pas au Rolf que j'ai bien connu... Il semblerait que ce ne soient pas seulement les muscles de tes épaules qui aient profité de l'influence culturiste de Dick Morland...

Parlant de contact, elle se colle brusquement à moi, enfonçant durement son poing dans cette misérable couche adipeuse que j'ai eu tant de mal à stocker sur mes abdominaux. J'ai beau tenter de ne pas les contracter, ils sont là, sous la graisse, et la garce ronronne en poursuivant ses constatations :

— Eh non, ce ne sont pas uniquement tes épaules qui se sont musclées... Il y a également du muscle là-dessous... et là-dessous... et... *Roooolf !*

Je voudrais endiguer le phénomène déclenché par les attouchements précis de ces mains baladeuses et les frôlements, les frottements délibérés de ce corps souple et ferme contre le mien. Mais comment la situation pourrait-elle éviter d'évoluer vers un maximum opérationnel alors qu'elle-même précipite le rythme de ses petits jeux érotiques et s'esclaffe, les yeux pleins d'étoiles :

— Rolf ! De ce côté-là non plus, tu n'étais pas aussi... musclé ! Et tu n'avais pas coutume de réagir aussi rapidement !

Je serre les dents pour conserver un sang-froid de plus en plus compromis par ses travaux manuels. Chuchote avec conviction :

— Ne vois là que l'hommage légitime rendu à une femme qui est toujours la mienne, et que rien ne saurait m'empêcher de trouver plus belle et plus désirable que jamais !

— Tu le penses vraiment ?

L'instant d'après, elle jaillit hors de l'eau, d'un brusque élan fluide. Se campe sur le bord de la baignoire-piscine encastrée. Répète en pivotant lentement sur elle-même, mince statue longiligne habillée de gouttelettes :

— Tu penses vraiment ce que tu dis ?

Puis, sans me laisser le temps de répondre :

— Sors de l'eau !

— Mais, Prissy...

— Sors de l'eau, Rolf Schneider ! C'est un ordre !

Je m'exécute, à contrecœur. Gauche comme tout mâle normal surpris dans le même état, lorsqu'il n'est pas particulièrement exhibitionniste. Elle me contemple, l'œil froid, durant quelques secondes. Distille enfin, du bout des lèvres :

— Oui, tu le penses vraiment ! Tu le penses plus fort que tu ne l'as jamais pensé, au temps où nous vivions ensemble !

Puis, sans autre transition :

— Viens... viens, il est encore un peu tôt pour souper tout de suite...

Le moyen de refuser ! Mais je n'ai jamais suivi, nu, l'envers ondulant d'une femme nue, en ayant aussi peur de l'étreinte qui s'annonce. Une peur que décuple encore l'ouverture, auprès de son lit, de la niche murale secrète qui contient, accrochés côte à côte, trois ou quatre légers casques de matière plastique translucide hérissés, intérieurement, d'électrodes capillaires.

— Mon « kamiya »... et le tien, Rolf... gardé, je ne sais trop pourquoi, depuis notre séparation... Nous allons voir si nous sommes capables, aujourd'hui, d'improviser sur les orgues d'amour une partition harmonieuse !

Son « kamiya »... et le mien. Du nom de ce professeur américain d'origine japonaise qui, au XXe siècle, avait émis l'idée que captés et diffusés par des électrodes implantées dans le scalp, dûment amplifiés et traduits en sons modulés, les rythmes du cerveau, perturbés par les émotions et les sensations du coït, pourraient composer des musiques harmonieuses ou discordantes, selon l'accord plus ou moins parfait du couple concerné.

Toute objection opposée au programme de Priscilla constituerait évidemment une offense impardonnable. On ne refuse pas l'offre d'une aussi grande dame lorsqu'elle vous propose de faire de la musique ensemble. C'est pourquoi la situation est sans issue. Les casques émetteurs nommés « kamiyas » sont élaborés, pour chaque individu, par des équipes de neurochirurgiens travaillant sur une holoprojection de l'encéphale. Il n'y a pas une chance sur un million pour que d'un casque à l'autre, se recoupent exactement les positions des diverses électrodes, et que le kamiya construit pour un individu puisse capter et diffuser les ondes émises par le cerveau d'un autre.

En me proposant d'improviser avec elle, sur les orgues d'amour, Priscilla s'apprête à me soumettre au moyen d'identification le plus infaillible, le plus imparable qui soit au monde. J'aurai beau déployer, à son bénéfice, tout mon répertoire du parfait amant, seul, son cerveau chantera. Pas le mien puisque je serai coiffé du kamiya de feu Rolf Schneider, mis au point sur une autre tête !

Problème accessoire : Priscilla sait-elle qu'elle me tend ce piège ? Ou bien croit-elle toujours avoir en face d'elle une version modifiée, améliorée, de Rolf Schneider et va-t-elle découvrir, fortuitement, que je suis quelqu'un d'autre ?

Même si tel est le cas, il ne lui faudra pas un bien gros effort d'imagination pour découvrir qui est ce quelqu'un d'autre !

⁂

Je suis mort.

Au sens figuré, pour commencer... lorsque j'émerge, au milieu de la nuit, d'un sommeil sans repos, meublé de cauchemars. Avec le « souper fin » pesant sur l'estomac et dans les reins la fatigue engendrée par le brillant doublé qui a encadré les agapes. Une manche avant, une manche après, et la belle à venir ! Ma voisine s'est endormie en se le promettant, en me le promettant, et Priscilla Wolf n'est point femme à ne pas tenir ses promesses !

Je suis mort.

Au sens propre, qui plus est ! Sinon dans un présent provisoirement figé par le sommeil de Priscilla, du moins dans un avenir effroyablement proche. Je suis un mort qui vit son dernier sursis, son dernier sursaut. Auprès de la femme endormie dont dépend son destin. Le mythe de la Belle au Bois Dormant. Nouvelle manière. Car cette fois, la « belle » n'a pas le visage de l'amour, mais de la mort.

Et d'ores et déjà, je suis mort ! Je suis mort parce que maintenant, elle sait. Elle ne peut pas ne pas savoir. Probablement sous l'empire de toutes ces émotions violentes qui me bouleversaient, intérieurement, je me suis livré tout entier au déferlement passionnel qui nous emportait, elle et moi. Nous avons réellement fait de la très bonne musique ensemble, et puisque le kamiya de Rolf Schneider ne possédait pas une chance sur un million de pouvoir transmettre aux orgues d'amour les fluctuations émotivo-sensorielles de quelqu'un d'autre, elle sait que je ne suis pas Rolf Schneider.

Donc, elle sait, aussi, que je suis Richard Morland, *puisque pour avoir joué de cette manière, le kamiya dont elle m'a coiffé devait être celui de Richard Morland !*

Elle sait. Et dans la mesure où elle a déjà, par deux fois, au cours de l'année dernière, ordonné mon exécution, elle ne manquera pas de l'ordonner encore et cette troisième fois sera la bonne... En sa présence effective, peut-être ?

Je me glisse, lentement, hors du lit ravagé par nos deux concerts à quatre mains.

Et si le kamiya était vraiment celui de Rolf Schneider et que cette possibilité infime, mais néanmoins supérieure à zéro, se soit réalisée ?

Je chancelle sur place, les jambes molles, en passant une main sur mon front. On croit toujours à sa dernière chance... Donc, on ne la joue pas, sciemment, sur une probabilité inférieure à *une sur un million !*

Incapable, pour le moment, de prendre une décision, quelle qu'elle soit, je contemple les traits détendus, incroyablement paisibles, de cette nymphomane dominatrice et toute-puissante qui va vraisemblablement, au réveil, exiger de moi une ultime prestation musicale avant de me livrer à mes exécuteurs. Et tirera, de la proximité de ma mort, un nouveau plaisir décuplé. Conservera sans doute, après m'avoir regardé mourir, l'enregistrement de la traduction symphonique sur les orgues d'amour, de notre dernière rencontre...

Je la regarde, cloué sur place, et je m'interroge. Comment peut-elle dormir aussi profondément, aussi paisiblement ? Sans se demander si je ne vais pas me réveiller avant elle ? Et l'étrangler ?

Non. Puisqu'elle sait qui je suis, elle sait aussi, par les projections dressées naguère, en trois D, du « profil psycho-structurel » de mon encéphale, que si j'ai derrière moi un passé défensif de tueur d'anti-refs assez impressionnant, je suis parfaitement incapable de tuer une femme endormie, fût-elle l'instrument prédestiné de ma propre perte.

Qui plus est, l'étrangler ou lui fendre le crâne

avec quelque objet contondant ne me sortirait pas de ce palais plus hermétique qu'un coffre-fort. La prendre en otage, peut-être ? Non plus. Pas avec les innombrables gadgets dont cette résidence est truffée. Et puis, il y a Sheila. Sheila dont ils s'empareraient, immédiatement. Pour lancer le contre-ultimatum qui amènerait ma défaite...

A force de réfléchir, j'entrevois une solution. La seule qui ne demande pas un recours automatique à la violence. Là-dessus, je me recouche et me rendors, au bout de quelques minutes, d'un sommeil profond comme un gouffre duquel me tirent, aux aurores, les manœuvres érotiques de Priscilla Wolf pour réveiller ma libido. Nous disputons, corps à corps, la « belle » de ce tryptique de mort et d'amour et galvanisé par le caractère à peu près désespéré de ma situation, je fais appel à toutes mes ressources et lui offre un récital qui la laisse, au-delà du dernier point d'orgue, aussi totalement et voluptueusement vidée de toute énergie qu'une femme peut l'être au terme d'une nuit semblable.

Allongé près d'elle, sur le dos, bon à jeter, j'amorce :

— Bonjour, Priscilla !

Relance après son « Bonjour, Rolf ! » chuchoté d'une voix mourante :

— Non, Prissy ! Pas après une telle nuit ! Bas les masques, ce matin ! Si cette conversation doit être la dernière, qu'elle ait lieu, au moins, sous nos véritables noms, *à visages découverts !*

Il y a un long, un très long silence… Au cours duquel sa respiration accélérée reprend, peu à peu, son rythme normal.

Je répète :

— Bonjour, Priscilla !

Et cette fois :

— Bonjour, Richard !

— Bonjour, Prissy !

— Bonjour, Dick !

Puis, après un nouveau silence :

— Raconte !

— Quoi ?

— Tout. La substitution. Quand ? De quelle manière ?

Je lui fais un exposé très succinct, en quelques phrases, des circonstances exceptionnelles qui m'ont permis de prendre la place de Rolf Schneider. Elle m'écoute sans m'interrompre. Toujours enfermée, comme elle l'était endormie, dans ce calme souverain, un peu effrayant, de l'être supérieur, au moins à ses propres yeux, et qui a triomphé, une fois pour toutes, des peurs inutiles.

Enfin :

— Je le savais. Je savais que Rolf n'aurait pas survécu à cet attentat… Et maintenant, Dick ? Que va-t-il se passer… d'après toi ?

Je sens son regard oblique, sur mon visage. Riposte en haussant les épaules :

— Tu vas ordonner mon exécution, Priscilla. Et cette fois rester là, je suppose, pendant qu'on m'expédiera de l'autre côté ?

— Tu ne vois pas d'autre solution ?

— C'est la seule conforme à la logique. A ta logique, Priscilla !

Elle s'étonne :

— Et tu dis ça comme ça ! Toi, le bagarreur increvable ! Tu ne vas même pas essayer de te battre ? De me tuer, peut-être ?

— J'y ai pensé. Cette nuit, en te regardant dormir. Mais je ne le pourrais pas. Pas de sang-froid.

Haussant de nouveau les épaules :

— Dans un accès de rage, peut-être, je pourrais essayer de t'emmener avec moi... si tu persistais dans ta décision après que je t'aie démontré son côté arbitraire !

Elle s'assied d'un bond, dans le chaos de la literie malmenée, la poitrine arrogante, la tête orgueilleusement projetée en arrière.

— Arbitraire, ma décision ! Après l'offense que tu m'as faite !

— Et si je te démontrais qu'il n'y a jamais eu d'offense ?

Son regard descend jusqu'à moi. S'y pose avec une sorte de mépris écœuré.

— Tu me déçois, Dick Morland ! C'est tout ce que tu as trouvé pour sauver ta peau ?

Je riposte à peu près sur le même ton :

— Et toi, tu me connais mal, Priscilla Wolf ! Lorsque je t'ai insultée... en des termes qu'une femme de ta classe ne saurait pardonner... je ne pensais pas un mot de ce que je disais... J'en avais honte et j'en souffrais, même, dans les sentiments que j'éprouvais pour toi... Mais je n'avais pas d'autre moyen de te provoquer assez gravement pour que ta colère me condamne aux tables de vivisection de l'I.N.R.F. : l'endroit où je désirais m'introduire !

— Si tu penses que je vais croire ça…

— Ne sois pas stupide, Priscilla ! Je pouvais te tuer pendant ton sommeil. J'en avais la possibilité physique. Si je ne l'ai pas fait, sachant que tu connaissais ma véritable identité, c'est pour des raisons que drogues et psychosondes sauront me faire dire… sans aucune possibilité de tricherie. Il existe aujourd'hui des moyens infaillibles de détecter le mensonge…

CHAPITRE V

Sans l'avoir jamais subie, je sais en quoi consiste l'épreuve de la psychosonde. Dérivées de ces produits connus depuis longtemps sous le nom générique de « sérums de vérité », les drogues utilisées rendent le sujet hautement suggestible, totalement passif et parfaitement incapable de mentir sans bouleversements internes qui déclenchent aussitôt, par feedback, l'émission d'un microcourant générateur d'une douleur atroce, fulgurante. Douleur qui peut être modulée, en cas de récidive, dans son intensité comme dans sa durée. Jusqu'à devenir insoutenable et finalement... mortelle. Ce n'est pas de gaieté de cœur que je me suis offert à subir cette épreuve. Mais parce qu'il n'existe plus pour moi, à ce stade, aucune autre porte de sortie...

Sanglé sur le fauteuil de torture, la tête casquée de métal et la vision curieusement troublée par les effets secondaires de la drogue injectée, j'attends la première question lorsque ma tête explose, littéralement, sous le choc d'une douleur inconcevable. Le temps de ressentir cette douleur, elle n'existe plus, déjà, qu'à l'état de souvenir et de terreur latente, à l'idée qu'elle puisse se renouveler. Je doute que sa durée ait excédé le dixième de seconde, mais je n'en ai pas moins hurlé, brièvement. Et j'entends ma propre voix bizarrement déformée qui s'informe :

— Pourquoi ? Pourquoi puisque je n'ai fait encore aucune déclaration qui...

— Parce qu'il est indispensable, pour la bonne marche de l'épreuve, que le sujet connaisse, d'avance, tous les paramètres de l'expérimentation entreprise sur sa personne.

Rien de plus effroyable, de plus démoralisant que ces voix de techniciens chevronnés qui ont acquis, au cours du temps, l'impersonnalité de voix synthétiques. Un éclair de révolte flamboie dans mon esprit. Avant qu'il ne retombe dans la passivité induite par les saloperies injectées dans mes veines. Puis la première question vient enfin, posée par une autre voix « filtrée » que je crois reconnaître :

— Pourquoi t'es-tu volontairement offert à subir cette épreuve, Dick ?

— Parce que c'était le seul moyen dont je disposais pour démontrer ma bonne foi.

Je m'entends répondre, et c'est exactement comme si j'entendais une autre voix que la mienne. Je ne me sens pas concerné, pas vraiment. Victime d'un étrange dédoublement qui me donne l'impression d'assister, de l'extérieur, à l'interrogatoire de quelqu'un d'autre.

Tout en n'oubliant jamais qu'au premier mensonge, c'est bel et bien moi qui souffrirai dans ma carcasse impuissante...

— Pourquoi est-il tellement important, à tes yeux, de démontrer ta bonne foi ?

— Parce qu'il faut que tu puisses être sûre que je dis vrai, Priscilla, lorsque j'affirme que je ne pensais pas ces injures...

— Pourquoi est-il tellement important que je le sache ?

— Simplement parce que c'est vrai, Priscilla, et que tu ne dois en conserver aucune amertume...

— Pas d'autre raison ?

Fugitive, la tentation de répondre non. Immédiatement repoussée par le souvenir de cette douleur insupportable.

— Si.

— Laquelle ?

— C'est seulement si tu obtiens une telle certitude que tu renonceras peut-être à me faire exécuter.

— Mais ce désir de survivre n'est pas la *seule* raison ?

— Non. Si je...

J'hésite une seconde, gêné par le fonctionnement chaotique, intermittent, de mon propre cerveau.

— Si j'avais été capable de te vouloir du mal, Priscilla... à toi en tant que personne... j'aurais pu le faire pendant ton sommeil... Je sais que mes chances n'auraient pas été grandes de quitter vivant ton palais... mais tu m'as déjà vu tenter... et réussir des choses encore plus risquées... Si j'ai préféré remettre mon sort entre tes mains, c'est que moralement... affectivement... j'étais incapable de te nuire...

Je perçois, de très loin, comme du fond d'un gouffre empli de ténèbres :

— Opérateur, retirez-vous, je sais manier ces appareils... Laissez-moi seule avec le sujet !

J'enregistre comme une victoire ce désir de n'avoir aucun témoin, pour la suite de notre conversation. Tente — vainement — de voir quelque chose dans le monde de lumière aveuglante et de visions colorées qui m'entoure. Finalement :

— Tu as employé le mot « affectivement », Dick... Veux-tu dire par là que tu m'as réellement aimée, au temps où tu habitais cette maison ? Veux-tu dire par là... que tu m'aimes ?

J'ai la sensation soudaine, l'impression poignante, que ce ne sont plus seulement les effets de la drogue injectée, le processus général de l'expérience, qui déforment ainsi, dans mes oreilles, la voix de Priscilla Wolf. Et je dois faire effort pour retrouver la mienne avant de pouvoir répondre :

— Ce n'est pas aussi simple, Priscilla... Je n'aime pas, je ne pourrai jamais aimer Priscilla Wolf, la Hiérarque tyrannique et toute-puissante... Mais j'ai aimé, je continue d'aimer Priscilla Wolf, la femme que j'ai bien connue, durant quelques mois, et qui gardera toujours... en tant que femme... une place privilégiée dans mon cœur...

J'aurais cru la chose impossible, de la part d'une Priscilla Wolf, mais je suis à peu près certain de reconnaître un sanglot, parmi les sons diffus qui me parviennent étirés, dissociés en échos épars. Et puis la voix altérée questionne, avide et comme écartelée, elle-même, entre le commandement sans réplique et la supplication :

— La première, Dick, n'est-ce pas ? La toute première place ?

Je sais que je réponds à sa question, et je sais que ma réponse ne peut être que l'expression exacte de la vérité, et bien que je n'aie commis, que je n'aie pu commetre le moindre mensonge, ma tête vole en éclats, pour la deuxième fois, dans une explosion qui dure une éternité, sans doute plusieurs secondes, et qui me précipite, en lambeaux déchiquetés, dans un abîme d'où je sais que je ne reviendrai pas.

Car ce n'est nullement le feedback consécutif à un mensonge qui m'impose cette souffrance, mais une manipulation délibérée de Priscilla, aux commandes de l'appareil, une « punition » volontairement infligée, prolongée bien au-delà du seuil de la douleur supportable et dont l'intensité fantastique me projette enfin, miséricordieusement, dans le néant de l'inconscience...

*
**

— Rolf ! Cette femme est un monstre !

Sheila continue de m'appeler Rolf, et je la laisse faire. Certes, Priscilla sait maintenant qui je suis, mais il importe qu'elle reste la seule. Deux fois condamné par elle à mourir sur les tables de l'I.N.R.F., Dick Morland doit demeurer officiellement mort. Laisser transpirer le secret pourrait nuire au prestige de la Hiérarque, et je ne pense pas qu'elle pardonnerait cette nouvelle offense. Il est déjà miraculeux que je me sois réveillé, quatre jours après l'épreuve de la psychosonde, dans mon propre appartement de l'Institut. Avec une Sheila bouleversée, effrayée, penchée sur ma couche. Puisque Priscilla semble avoir décidé de me laisser en vie, pour le moment, la dernière chose à faire serait de lui fournir la moindre cause de mécontentement supplémentaire.

A contretemps, je me remémore le commentaire horrifié de Sheila. Riposte :

— Pas un monstre, non, pas vraiment... Juste le produit d'une naissance et d'une éducation dans un milieu coupé de l'extérieur, d'où l'on considère, de très haut, le monde comme un vaste champ de récoltes faciles et d'expériences audacieuses... Avec des drôles de petites bêtes remuantes appelées hommes, femmes, enfants, qu'il est si drôle de manœuvrer à distance... de téléguider par la pub, la politique, la propagande, tous les grands ressorts socio-culturels... pour en tirer profit, distraction, griserie du pouvoir... Nous ne sommes rien de plus au bout des ficelles de la Hiérarchie, Sheila : des marionnettes dotées d'un semblant d'autonomie... qui jouent sur la scène du quotidien les scénarios que les Hiérarques écrivent pour eux chaque jour !

— C'est bien ce que je disais, Rolf. Ce sont des monstres !

Je soupire :

— Ce qui est monstrueux, c'est de les avoir laissés attacher leurs ficelles et s'installer dans les cintres du guignol ! Aucun régime totalitaire ne se met en place du jour au lendemain, Sheila. Il y faut l'aveuglement des uns, la veulerie des autres, et cette bonne vieille philosophie d'après-nous-le-déluge pour que tout le monde se réveille, un beau matin, avec des fils aux pattes et qu'il soit trop tard, alors, pour réagir !

Elle gémit :

— Vraiment trop tard, Rolf ?

Et je concède en haussant les épaules :

— Jamais *définitivement* trop tard, Sheila... Mais plus solidement installé le guignol, plus dure la bagarre qu'il faudra livrer pour le jeter à bas !

— On en reparlera, Rolf. J'ai tellement eu peur pour toi, durant ces quatre jours...

Et moi, j'ai toujours peur, rétrospectivement, de ces longues heures de semi-lucidité intermittente et brumeuse qui ont suivi la décharge punitive de la psychosonde. Après que j'aie dénié à Priscilla Wolf cette première place qu'elle revendiquait. Avant qu'on me ramène à l'I.N.R.F., sur une civière, dans un état de choc qui a mis plus d'une semaine à se résorber. J'ai peur encore, aujourd'hui, que cette décharge de la psychosonde ait laissé, derrière elle, des lésions irréversibles...

La vie reprend son cours normal, ou paraît le reprendre. Je suis toujours Rolf Schneider, patron de l'I.N.R.F. Mais je sais que d'une heure à l'autre, Priscilla peut décider de me détruire, et c'est une perspective qui n'ajoute rien à ma joie de vivre. Puis, alors que je commence à retomber sur mes pieds, vient l'invitation suivante...

Mon cœur se serre quand je prends congé de Sheila. Quelque chose me dit que je ne suis pas près de la revoir et j'essaie de l'y préparer en prenant, d'avance, les deux ou trois mesures que j'estime nécessaires. Sans lui en parler trop ouvertement. Elle serait capable de commettre quelque folie. Au point où j'en suis, je ne peux que gagner du temps, voir venir et faire face, au jour le jour, je dirais même « à l'heure l'heure » si l'expression existait dans le langage !

Sur le *Mall,* je fais stopper, de nouveau, mon chauffeur en face de la *National Gallery of Art* dont une autre équipe de nettoyeurs est en train de peaufiner la face latérale. Malgré la surveillance accrue exercée autour de ce bâtiment officiel et des autres, il semble bien qu'une nouvelle inscription subversive n'ait pas tardé à remplacer la première, après que celle-ci eût été gommée. Il ne reste plus assez de la deuxième pour que je puisse la déchiffrer, mais l'audace croissante, l'accélération du phénomène « graffitis » est un signe. Il y a toujours un *underground* et il bouge. Fasse le ciel qu'il ne bouge pas trop vite. Pas au point de se faire écraser, emmurer dans les sous-sols comme l'ont été des milliers de réfractaires, comme j'ai failli l'être moi-même, dans un passé pas tellement lointain (1).

(1) Voir « Les horreurs de la paix ».

Les deux mêmes anti-refs, ou deux autres, on finit par ne plus voir le bonhomme, sous l'uniforme, se ramènent, comme la première fois, pour nous faire dégager la piste. Je n'ai même pas le courage de discuter, quand ils rectifient la position et saluent. Jusqu'à leur comportement qui, sous la tenue réglementaire, devient uniforme !

L'accueil de Priscilla est différent, cette fois-ci. Tout empreint de remords et de sollicitude.

— J'ai eu peur un instant de t'avoir blessé à mort. Ou lésé... irrémédiablement... dans tes facultés cérébrales... Il a fallu trois jours pleins pour que les spécialistes m'assurent du contraire, et je t'ai renvoyé achever ta convalescence à l'I.N.R.F... Me pardonneras-tu jamais d'avoir voulu te faire souffrir... quand après m'avoir avoué que je tenais une grande place dans ton cœur... tu m'as refusé la première ?

Elle a dû boire un peu de champagne ou se doper chimiquement avant mon arrivée, car je la trouve beaucoup plus nerveuse que de coutume. Avec un visage plus expressif aux traits plus mobiles, moins implacablement contrôlés que de coutume...

A l'inverse, je me sens parfaitement maître de moi. Lucide. Analytique.

— Comment pourrais-je t'en vouloir, Priscilla ? Comment un homme pourrait-il en vouloir à une femme telle que toi, s'il éprouve pour elle les sentiments que tu sais, lorsque c'est la passion qui a motivé son geste ?

Elle secoue la tête, plus misérable, plus

pitoyablement vulnérable que je ne l'ai jamais vue.

— Ne me réponds pas comme ça par des phrases creuses... des généralités abstraites ! Je ne te demande pas ce qu'un homme peut ressentir envers une femme, mais ce que tu ressens, toi, Dick Morland, envers une pauvre créature lamentablement humaine qui s'appelle Priscilla Wolf ?

C'est nouveau, cette humilité, et je ne l'aime pas beaucoup, je ne la *sens* pas du tout dans cette attitude. Elle n'a jamais été faite pour ça et il y a quelque chose, quelque part, qui sonne indiciblement faux. A la limite, elle m'effraie infiniment plus, sous ce déguisement, que sous son masque habituel de femme dominatrice.

Puis je me demande si c'est un déguisement. Si ce n'est pas, après tout, la vraie Priscilla, celle qu'elle aurait été, née Smith ou Jones dans quelque famille modeste. Un élan de doute et de tendresse me pousse à la prendre dans mes bras, à la presser contre ma poitrine en murmurant :

— Je ne veux pas te voir comme ça, Priscilla... La psychosonde t'a fourni la preuve que je t'aimais... Est-ce ma faute si cet amour n'est pas unique et se partage, en moi, avec celui d'une petite fille fragile et perdue si je cesse de m'occuper d'elle ?

Je m'étais cependant promis de ne commettre aucune maladresse ! Je réalise, après coup, que je viens de gaffer lourdement en parlant de « petite fille » car elle peut très bien prendre ça pour une allusion pas tellement subtile à notre différence d'âge. Et j'enchaîne dans ma foulée :

— Ou bien devrais-je dire une *autre* petite fille fragile et perdue si je cesse de m'occuper d'elle ?

Le remède, quand on lâche une sottise et qu'on tente de la rattraper, se révèle généralement pire que le mal ! Placé en porte-à-faux par ma propre gaucherie, je m'attends, plus ou moins, à un sursaut d'orgueil, mais elle semble bien, aujourd'hui, avoir dépassé ce stade. La voix qui monte de la tête pressée au creux de mon épaule n'est pas du tout celle de la Hiérarque altière dont les désirs sont des ordres :

— Quel que soit leur âge et leur statut social... la plupart des femmes restent des petites filles, toute leur vie... face à l'homme qu'elles aiment !

Deux larmes coulent sur ses joues alors que son regard cherche le mien avec cette même expression pathétique.

— Parce que je t'aime, Dick Morland. Je sais que tu m'aimes et j'ai besoin de toi. Devant toi, je ne joue plus la comédie. C'est peut-être la première fois, depuis mon enfance, que je me laisse réellement aller à n'être rien de plus que moi-même !

Deux pensées m'effleurent, successivement. Une, que cette Priscilla inédite est peut-être, au contraire, une très habile comédienne jouant à mon bénéfice un rôle de composition ! Deux, que cette recherche de l'amour n'est peut-être, après tout, que le désir inconscient du seul « gadget » que sa fortune, sa naissance, sa puissance ne lui avaient pas encore apporté : l'Amour avec un grand A... même si quelqu'un d'autre s'accroche au deuxième jambage de la majuscule !

Et puis je me demande, une fois de plus, quelle différence, au fond, cela peut bien faire ? Et nous faisons l'amour, cette nuit-là, sans kamiyas et sans accompagnement musical. Comme un homme et une femme « ordinaires » attirés l'un par l'autre et sincèrement heureux de se le démontrer mutuellement, sans « preuves » supplémentaires.

C'est elle-même qui aborde, au cours de cette nuit sans sommeil, le problème de Sheila.

Je lui demande de la faire ramener, par des hommes sûrs, à la « ferme à l'ancienne » de son grand-père, d'où elle n'aurait jamais dû sortir. Et d'y rapatrier, par la même occasion, le nommé Jacky Marchal, une de mes vieilles connaissances, un garçon qui provient lui aussi — tout comme moi — de cette même ferme où les belles dames du régime vont « faire leur marché », et que Priscilla Wolf avait pris pour amant, après ma « trahison ».

Cette seconde exigence comble Priscilla d'allégresse.

— Dick… Tu serais jaloux si je gardais ce garçon sous la main… en réserve ?

— Je serais jaloux de lui comme de quiconque avec qui je devrais te partager, Priscilla !

— Alors, tu m'as déjà pardonné d'avoir été si jalouse moi-même !

— Est-ce que ça n'est pas également une preuve d'amour ? Même et surtout, peut-être, quand elle manque de vous coûter la vie ?

Elle se blottit contre moi avec un emportement quasi juvénile. Auquel répond, de ma part, une tendresse qui n'est pas feinte. On ne peut préjuger de l'avenir, mais Sheila m'a promis, si nous étions séparés, de m'attendre le temps qu'il faudrait chez « Papy », son grand-père. Avec Jacky Marchal pour veiller sur elle, je crois que je pourrai attendre, moi aussi, sans devenir fou, que les choses évoluent.

Jacky, je le connais bien. Pas assez, toutefois, pour savoir si son bannissement de la couche et du palais de Priscilla Wolf va le soulager d'un grand poids ou bien le frustrer dans des ambitions politiques d'ailleurs illusoires... Car je connais assez bien Priscilla, en revanche, pour savoir que ce bannissement est la seule mesure qui puisse épargner à Jacky les tables de vivisection de l'Institut sur lesquelles j'ai failli finir moi-même, dans des circonstances analogues !

L'une des raisons pour lesquelles je tenais tellement à l'obtenir tout de suite, au cours de cette nuit d'épanchements réciproques où Priscilla Wolf aurait préféré mourir que de me refuser la moindre faveur.

J'étais loin de m'attendre, cependant, à celles qui allaient suivre...

***

C'est la Priscilla de toujours, la Hiérarque de l'avant-dernier échelon — dans le sens de la montée — qui s'emporte le lendemain, au petit déjeuner, parce que nous ne partageons pas le même point de vue sur un sujet pourtant essentiel :

— Je veux te présenter à tous en tant que Richard Morland... que je vais épouser sitôt que la mort de Rolf Schneider aura été reconnue !

— Priscilla, Priscilla, je t'en prie...

— Je veux que tu sois connu et reconnu toi-même sous ton véritable nom... pas sous celui de ce minus que je n'aurais jamais épousé, si...

— Et qui est mort parce que je l'ai sacrifié à ma place... avant de prendre la sienne, Prissy !

L'argument la stoppe une seconde, pas davantage. Restituée à son naturel, après cette nuit fiévreuse, elle n'accepte pas un instant l'idée que quelque chose puisse lui résister, ne pas se conformer à sa volonté souveraine.

— Je ne pourrai jamais, je ne pourrai jamais te donner, à toi, ce prénom que je déteste...

— Un prénom n'est rien, Priscilla. Il vaut mieux que tu m'appelles Rolf, et que je sois Dick... plutôt que le contraire !

Elle rit, désarmée, et je me hâte de plonger, tête baissée, dans la brèche :

— Je sais en quelle estime tu tiens l'opinion des autres... et l'opinion publique, en particulier... mais ne serait-il pas choquant de te voir épouser, ouvertement, l'assassin de ton époux légitime ? Alors qu'un simple tour de passe-passe déjà réalisé, au demeurant... plus l'emploi de ce prénom qui n'est pas le mien... peuvent tellement simplifier les choses ?

Finalement, elle capitule. A contrecœur, mais elle capitule. S'exerce à m'appeler Rolf. Et puisque, sous cette étiquette, je suis toujours son mari, fait part, à la session suivante du Conseil des Hiérarques, et de notre réconciliation, et de sa volonté d'y paraître désormais à mon bras, en tant que Madame Rolf Schneider.

Ma nomination de « Hiérarque en Second » — l'un des quelques détenteurs du droit de veto sur les décisions du Conseil — suit à quelques semaines. Je conserve le titre de directeur honoraire de l'I.N.R.F. A la tête duquel je fais nommer mon sous-directeur Frederick Norton. Je m'entends bien avec Pédérick, et qui sait si je n'aurai pas besoin, quelque jour, de sa reconnaissance ?

Hiérarque en Second, juste au-dessous du Hiérarque Suprême et sur un pied d'égalité avec Priscilla elle-même, je ne m'attendais pas à ça.

Pas plus que je ne m'attendais au décès, moins de trois mois après cette nomination, du père de Prissy, le vieux Wolf.

Bien sûr qu'il avait plus de cent ans, et qu'il n'y a pas d'âge pour mourir accidentellement, d'une chute dans un escalier de marbre.

Mais quand Priscilla nous fait décerner, à elle et à moi, de façon indivise, le titre de Hiérarques Suprêmes, je ne peux m'empêcher de me demander, tout doucement, si le vieux Wolf — qui avait encore bon pied, bon œil — n'aurait pas été légèrement poussé, dans cet escalier de marbre ?

Et combien de temps le coupable éventuel a pu jouir du salaire de son crime avant de se retrouver, aux trois quarts décervelé, sur quelque table de vivisection de l'Institut National de Recherches Fondamentales ?

CHAPITRE VI

Les devoirs de ma charge — passablement élastiques — le confort — incroyable — de ma nouvelle vie me laissent tout loisir de faire ce que je n'avais jamais pu aborder, auparavant, que par la tangente, au cours de conversations trop rares avec des personnes réellement concernées : une étude historique et critique de ce que les esprits plus clairvoyants de cette drôle d'époque commencent à appeler « la médicarchie ».

Au commencement, était la médecine, balbutiante et sublime dans son désir sincère de venir en aide aux pauvres chairs souffrantes et parfois odieuse dans l'attitude dictatoriale qu'elle prenait — déjà — vis-à-vis des profanes. La littérature générale de tous les pays et de tous les temps était pleine de ces personnages qui exerçaient sur le commun des mortels la tyrannie d'une science souvent plus étalée que réellement profonde.

Cette distance de plus en plus grande séparant le vulgum pecus de la docte confrérie : l'actuelle médicarchie n'avait pas d'autre origine. Considérablement aidée, il est vrai, par un autre phénomène apparu au XXe siècle et qui avait nom « assistance médicale ». Cette « sécurité sociale », comme on disait dans certains pays, était la meilleure et la pire des choses. Elle permettait aux pauvres de se soigner. Mais également aux gros malins sans scrupules de tirer leur flemme, aux ivrognes de cultiver leur cirrhose et autres abus du même genre, à la charge de la communauté.

Moyen superbe d'identification et d'immatriculation des masses, puisque en dehors d'elle, point de salut, c'était aussi la méthode la plus sûre pour amener les plus médicophobes à capituler, graduellement, devant la médecine. A la moindre indisposition, au moindre pet de travers et pourquoi pas, puisque c'était remboursé ?

Un merveilleux instrument de contrôle des populations que cette assistance médicale : vers la fin du XXe siècle, dans un pays à la civilisation hautement sophistiquée comme le nôtre, une large partie des citoyens était totalement dépendante de ces ordonnances qui, à raison de deux sur trois, prescrivaient aux belliqueux, aux agités, aux angoissés, aux instables de tout poil des euphorisants, des tranquillisants et autres neuroleptiques, contre le « stress de la vie quotidienne ». Avec pour corollaire, une fois sur deux, la nécessité de prendre des remontants, des excitants, afin de pouvoir tenir le coup pendant la journée !

La substitution, aux peines de prison si coûteuses, naguère, pour le contribuable, d'injections périodiques sous contrôle médical aux violents, aux violeurs, aux perturbateurs de l'ordre public et par extension aux déviants politiques et idéologiques — ces fameuses « camisoles de force chimiques », selon l'expression consacrée — n'avait été qu'une étape vers l'acceptation ultérieure, par le grand public, de l'addition aux eaux potables d'un dérivé du lithium très commun, très bon marché : l'euphoridine. Avec pour conséquence la diminution radicale des agressions, attentats, crimes de sang... même des accidents de la route qui passaient, jusque-là, pour autant de fatalités inéluctables.

Résultats exaltants ! Comparables à ceux de toutes ces découvertes qui au cours des siècles, avaient amené la disparition de tant de maladies, l'éradication de tant d'épidémies, la prolongation spectaculaire de la vie humaine.

Un revers à la médaille : désormais accoutumée à cette dépendance totale d'une population passive, la médecine s'était arrogée le droit, peu à peu, de prélever ses cobayes dans la population elle-même. Plus de recherches fastidieuses sur des animaux, difficilement transposables, le plus souvent, sur la « pâte humaine ». Une expérimentation directe sur des sujets déclarés « disponibles » selon des critères aussi nombreux et aussi variés qu'il y avait d'expérimentateurs. A l'I.N.R.F., en fait, le seul critère de « disponibilité » d'un sujet était sa présence, dans quelque état que ce soit, à l'intérieur des « réserves ». Rares étaient les praticiens en quête d'un cobaye qui prenaient le temps de s'informer des motifs de cette présence...

Quant aux gens de l'extérieur, ceux qui pensaient à s'interroger sur le problème estimaient que quiconque se trouvait dans les « réserves » de l'I.N.R.F. méritait d'y être. Au moins, là, il « mourait utile ». Un argument que j'avais entendu mainte fois, même dans la clandestinité. Et qui dépouillait cette peine de mort officieuse de toute l'horreur qu'elle avait inspirée jadis.

Pourquoi diable, après tant d'années de dépendance passive et d'acceptation béate des décisions de la « médicarchie », avaient-ils essayé de liquider, en ma personne, le directeur de l'I.N.R.F. ? Pourquoi ces graffitis, ces tracts, ces réactions tardives ? Pourquoi ce refus différé, après un accueil enthousiaste, du pacemaker cérébral ?

Autant de questions dont j'ai l'intention ferme de rechercher les réponses.

***

A peine si les narines de Priscilla endormie frémissent délicatement, dans ses traits aristocratiques, sous la bouffée d'aérosols qui va lui assurer, jusqu'au lendemain, un sommeil paisible. Je ne peux pas courir le risque de la laisser dormir naturellement, à la merci d'un cauchemar qui, la réveillant en sursaut, lui permettrait de constater mon absence. J'ai personnellement mis au point, dans mon labo, ce soporifique inoffensif et sans effets secondaires. J'ai donc la conscience parfaitement tranquille, vis-à-vis de la dormeuse, et tout en m'habillant rapidement, à la lueur d'une petite lampe, je l'observe du coin de l'œil.

Mystères insondables de l'âme humaine, celle que Sheila, non sans raisons, a pu qualifier de « monstre » — capable, à tout moment, d'expédier un homme sous les bistouris-lasers de l'I.N.R.F. — offre à mon regard un visage serein, un visage de petite fille tout aussi réel, sinon davantage, que le masque altier de la Hiérarque. Nul ne vient au monde tout construit. Le vieux problème de l'acquis et de l'inné. Chez Priscilla, quel que pouvait être l'inné, l'acquis ne lui a guère donné sa chance. Le tout-acquis-en-naissant de sa filiation avec le Hiérarque Suprême... Celui-là même qu'elle a probablement fait assassiner parce qu'il s'attardait sur les lieux bien au-delà du raisonnable. Heureuse pour la première fois — c'est elle qui le dit — auprès d'un homme qui l'aime, à sa manière, Priscilla conserve, effectivement, la logique d'un monstre.

Ou d'une petite fille. D'une de ces petites filles que leur candeur même rend dangereuses, car elles ne connaissent que leur caprice et ne voient jamais qu'une seule facette des choses...

Je ne peux m'empêcher de sourire en déconnectant, de l'intérieur, les systèmes d'alarme qui pourraient trahir ma sortie. Plus une propriété privée est protégée contre les atteintes du monde extérieur, plus il est difficile à ses propres occupants de s'en évader sans déclencher quelque gadget électronique, et sans attirer l'attention des gardes chargés de veiller à la bonne marche des gadgets ! Inutile de dire que j'ai potassé le topo général au point de le connaître sur le bout du doigt et que je n'oublie pas, une fois dans le parc, de reconnecter tout le dispositif d'alerte au moyen d'un minimodule de télécommande réglé sur la double fréquence adéquate. Cela fait, je joue à cache-cache avec les gardes du portail sud et, sitôt qu'ils sont passés, ouvre, referme électroniquement la petite grille avant de m'éloigner, d'un pas vif, vers le centre de la ville.

Washington-by-night, dans ces quartiers réservés aux grands du régime, c'est le désert. Un véhicule particulier, de loin en loin. Les rondes régulières des anti-refs. Et de rares passants — surtout des domestiques — chargés par leurs maîtres de quelque mission confidentielle.

Dès que je vois arriver une voiture-patrouille, je me fige sur le trottoir et me tiens tranquille pendant que leur projo polarisé révèle et enregistre, au passage, l'écusson invisible à l'œil nu qui occupe mon revers. Agrandi, étudié, identifié, de façon quasi instantanée, par leur ordinateur de bord, il leur apprend que j'appartiens à la Maison Wolf-Schneider, que j'en possède le code actuellement en vigueur, et la voiture poursuit sa route sans en demander davantage. Impossibles à se procurer par des voies illégales, impossibles à contrefaire, ces écussons constituent le meilleur laissez-passer universel qu'il soit possible de porter, à Washington, en cette drôle d'époque.

Au bout de quelques centaines de mètres, j'utilise un autre minimodule codé pour amener où je suis le plus proche « taxi » du service nocturne. Dont le chauffeur ne me demande rien, lui non plus. Pas même lorsqu'il me dépose à proximité de ce secteur de la ville où s'étendait, jadis, le quartier pittoresque de Georgetown. Pittoresque préservé, assez laborieusement, pour en faire la « zone de distraction », par excellence, de la capitale. Une zone où viennent « s'encanailler », en bandes, fils et filles de grandes familles jusqu'à ce que des occupations plus officielles les accaparent. Je règle le prix de ma course, en le multipliant par trois, signe certain que je désire le secret absolu. Le chauffeur me signifie son accord, d'un petit signe de tête, et repart vers la plus proche station. Tout manquement à cette règle tacite pourrait lui valoir de très gros ennuis. J'attends qu'il ait disparu pour m'enfoncer, à mon tour, dans le grouillement des ruelles aux mauvais pavés garantis d'origine.

C'est la première fois que je viens à New Georgetown, mais je suis assez vieux, assez expérimenté pour en discerner, au premier coup d'œil, la structure artificielle. Pas une prostituée qui ne soit, je le sais, une véritable fonctionnaire appointée, examinée chaque jour par les services sanitaires. Au carrefour suivant, une bagarre très réussie, très réaliste, me retient une seconde. Mais là encore, je me suis trop battu, moi-même, dans le passé, pour en être dupe. Les bons petits jeunes gens impliqués dans le coup y vont de tout leur cœur et deux d'entre eux ont suffisamment pratiqué les arts martiaux pour savoir se battre. Mais leurs adversaires n'essaient pas de leur faire du mal. Pas vraiment. Leurs attaques trop larges, trop lentes, appellent des parades faciles, ou bien, maladroites, ne font que frôler leurs cibles. Quand ils détalent finalement, boitant bas ou se tenant la figure, ils ne laissent pas de grands dégâts derrière eux et la fille dont le corsage déchiré expose indiscrètement les seins drus ne se presse pas trop d'interrompre le spectacle. Ils viennent tous de vivre une grande aventure, et s'ils soupçonnent vaguement, d'après les bruits qui courent, la qualité véritable de leurs antagonistes, ils n'en ont pas moins, en distribuant des coups très réels, emmagasiné leur content d'émotions violentes.

Sûr, il arrive parfois, malgré toute leur expérience, qu'un de ces spécialistes de la bagarre bidon se fasse vraiment esquinter par quelque fils de bourgeois aux instincts sadiques. Jamais le contraire. Immédiatement dénoncé par des collègues avant tout désireux de se dédouaner, le coupable disparaîtrait aussitôt de la circulation. L'I.N.R.F. a toujours besoin de cobayes...

Insigne de mes fonctions apparentes, la neutralité de mon costume me tient à l'écart de l'attention générale jusqu'à ce que je pénètre, enfin, dans une boîte appelée « Le bootlegger ». Anachronisme dérisoire d'une enseigne qui, lorsque la chose existait, eût désigné une activité clandestine ! Dès l'entrée, un « videur » costaud, très folklorique, se dresse devant moi.

— Tu t'imagines aller où, comme ça, espèce de larbin ?

En appliquant sa large patte, fortement, sur ma poitrine.

Je m'arc-boute, ricane sans céder un pouce de terrain :

— Larbin toi-même, espèce de terreur à la manque ! Il faut que je voie ton patron.

A son tour de rigoler :

— Toi tout seul, comme un grand, avec ta petite tronche de loufiat ?

Mais il a senti mon raidissement, testé ma résistance, et ses paupières plissées ne laissent plus filtrer qu'un mince filet d'attention soutenue, tandis que j'articule en montrant ma boutonnière :

— Te goure pas, King Kong ! Je suis pas tout seul !

Il vérifie, d'un geste automatique, la présence, à mon revers, de l'écusson invisible. Invisible, mais pas impalpable. Concède en haussant les épaules :

— Tant pis pour toi si tu bluffes, petit joueur ! Après tout, c'est ta tronche ! Suis-moi !

La salle que je traverse, dans son sillage, ne m'intéresse pas assez pour que je lui accorde plus d'un regard blasé. La reconstitution paraît fidèle, d'après les films d'archives que j'ai pu voir, et les jeunôts qui consomment, assis autour des tables, ou qui singent, sur la piste, je ne sais quelle danse anachronique, semblent très heureux d'être là. J'ai même l'impression qu'il n'y a pas, dans le public, que des très jeunes...

Costume, attitude, l'homme qui m'accueille dans le bureau du fond est conforme, en tout point, au style de la boîte.

— Paraît que tu veux me voir, Machin ? Pour le compte de qui ?

— De quelqu'un qui ne parle jamais de ses affaires devant des sous-fifres ! Tu veux renvoyer ton gorille à sa niche ?

Le videur ouvre la bouche pour protester, mais le type assis derrière le bureau lui fait signe de se retirer. Après avoir sorti une arme de son tiroir. Dès que le videur a refermé la porte, je change mon comportement du tout au tout.

— Ça va, inutile de continuer cette pantomime. En réalité, ce n'est pas le patron du « Bootlegger » que je suis venu voir, mais celui de ce qui se cache derrière... à moins que tu ne sois le patron des deux ?

Il a repris son arme posée sur le bureau et la caresse d'un air songeur.

— Comprends pas !

Le hic, c'est qu'il est possible que ce soit vrai. Voilà un bout de temps que j'ai quitté la « ferme à l'ancienne » de Papy, nanti par lui de ce « contact » à Washington. Il se peut que dans l'intervalle, le « Bootlegger » ait changé de propriétaire. Et de fonction dans l'organigramme de l'*underground* local !

J'insiste, affectant une assurance que je suis loin d'éprouver :

— Tu vas comprendre... La personne qui m'a branché sur ta filière ne se trouve pas à Washington... Elle tient... une exploitation agricole où les dames de la ville... les dames riches et influentes... vont se fournir en produits dits « biologiques » et en beaux garçons musclés... Cette personne, on ne la connaît pas sous son véritable nom, mais sous un surnom familier qui représente un lien de parenté...

Rien, sur le visage de l'homme, ne trahit le moindre signe de compréhension.

— Que je crève à l'instant si je pige un traître mot de tout ce charabia...

— Il se pourrait que tu crèves de n'avoir même pas *essayé* de piger !

Regard soudain spéculatif et canon de l'arme braquée se hissent, paresseusement, jusqu'au niveau de ma poitrine.

— Tu sais que j'aime pas beaucoup qu'on me parle comme ça ?

J'accroche une chaise, du bout d'un pied, l'amène en face de lui, soupire sans encore m'asseoir :

— C'est pourtant comme ça que je parle à tous les cons qui s'obstinent à ne rien entendre !

Cette fois, j'ai percé sa carapace. L'arme tremble dans sa main tandis que ses larges fesses se décollent du fauteuil dans lequel il a joué, jusque-là, les grands impassibles.

— Je vais te faire voir si...

Il y a une longue miette de temps, sans doute pas loin d'une seconde, durant laquelle ce putain de canon, dévié de son point de mire, regarde ailleurs. Quant au mec, il est déjà, psychologiquement, dans cette position de suprématie de l'homme qui se lève par rapport à l'homme qui s'assoit !

La différence, c'est que je ne m'assois pas. Et que la trajectoire fulgurante du tranchant de ma main droite, avec tout le poids, derrière, de mon corps projeté en avant, le cueille en total déséquilibre. Physique et psychologique ! Il n'a même pas le loisir de presser la détente avant que ma paume raidie ne s'abatte sur son poignet, envoyant dinguer l'arme à l'autre extrémité de la pièce.

Où elle rebondit gentiment contre le mur pour venir s'immobiliser, d'une glissade, de mon côté du bureau, à trois mètres de ma chaise.

Je la ramasse alors qu'il referme sa main gauche sur sa patte meurtrie. C'est un bon vieux pistolet automatique, bien graissé, en parfait état de marche, que je retourne contre son propriétaire en suggérant :

— Maintenant, on peut s'asseoir et discuter comme des gens intelligents ! Pas comme des imbéciles !

Très secoué, il se laisse retomber dans son fauteuil. Je précise :

— Simple précaution, pour éviter les accidents qu'on regrette ensuite, quand il est trop tard... Tu as très bien compris de quoi et de qui je parlais, j'en suis sûr... et la discrétion dont tu fais preuve est tout à ton honneur...

Non sans une courte pause :

— Je serais très inquiet, en fait, si tu agissais d'une autre manière...

Il masse tendrement son poignet, le visage douloureux, sans mot dire. Je continue :

— A présent, je vais te proposer une chose...

Désignant l'écran du vidéophone :

— Tu vas appeler la personne que je t'ai décrite... en coupant l'image... Je ne verrai pas le code que tu vas composer, sur ton digital... et quelques mots échangés avec *lui*... tu vois, je te donne même une précision supplémentaire sur « la personne »... seront largement suffisants pour démontrer qu'il n'y a aucune entourloupe... nulle part !

Il est ébranlé, c'est visible, mais ne veut pas capituler sans livrer un baroud d'honneur.

— Et qu'est-ce qui me prouve, une fois que j'aurai quelqu'un, sur la ligne...

— ... que je ne vais pas t'obliger à rétablir l'image ou prolonger la conversation jusqu'à ce que des spécialistes identifient notre correspondant ?

Il grommelle, de mauvaise grâce :

— C'est ça !

— Tu as ma parole...

— Ça me fait une belle jambe !

— Mais tu as, surtout...

Posant le pistolet devant lui et regagnant ma chaise :

— ... cette autre preuve de ma bonne foi !

Le méchant coup de dés. Le pile ou face de la nuit. Avec pour enjeu le sort de ma balade nocturne et, le cas échéant, mon propre sort.

Ma vie !

Il hésite avant de reprendre son pistolet. Trop mal à sa mimine ? Ou peut-être se dit-il que dans nos nouvelles positions, il ne court aucun risque de me voir le récupérer, ce qui n'est pas sûr du tout. Avec le handicap de sa patte folle, je crois que je pourrais encore me glisser sous son bureau et le lui balancer sur le crâne avant qu'il ait le temps de faire parler la poudre !

Finalement, il s'empare de l'arme. Me braque, de la main gauche. En composant, maladroitement, son numéro de l'autre main.

Un long moment s'écoule. Je commente :

— Tout le monde doit dormir, là-bas... On se lève tôt... dans une ferme !

Et le type me lance un regard aigu. Enfin :

— Ouais ? Vous savez quelle heure il est ? Qu'est-ce que c'est que ce bordel ?

Je reconnais la voix. Riposte sans laisser à mon vis-à-vis le temps d'ouvrir la bouche :

— Toujours aussi mal embouché, Papy ! Ça ne s'améliore pas en vieillissant ! A ce propos, est-ce que les jeunes ne pourraient pas répondre au téléphone ?

Il y a un court silence. Puis, d'une voix différente, comme quelqu'un qui doute du témoignage de ses propres oreilles :

— Les jeunes, ils pioncent comme des sonneurs, mais... qui est-ce ?

— Quelqu'un qui t'a fait rapporter par quelqu'un que tu connaissais ce que tu as de plus précieux au monde, Papy !

Cette fois, il ne doute plus. Il suffoque un peu. Amorce :

— C'est toi ? C'est...

Et je coupe avant que malgré toute sa prudence, il ne lâche un nom propre sur une ligne qui bon an, mal an, a toujours une chance de porter des bretelles d'écoute :

— C'est moi !

D'ailleurs, le gars du « Bootlegger » estime le moment venu pour rétablir la transmission de l'image, dans les deux sens, et Papy constate :

— Oh ? Il est chez toi, Barney ? Dis-lui qu'il se fasse voir !

J'adresse au nommé Barney le signe convenu, dans tous les *undergrounds,* pour demander si l'on est bien sûr que la ligne soit « propre ». Sans oreilles indésirables branchées sur le coup. Il acquiesce avec beaucoup d'assurance et je décide de courir le risque. Si tous ces gens-là sont encore en liberté, à l'intérieur même de Washington, c'est qu'ils connaissent leur boulot un peu mieux que la moyenne !

Je me plante devant l'image de Papy, sachant qu'au même instant, la caméra incorporée du vidéophone le place, lui aussi, devant mon image. Il a beaucoup vieilli. Les soucis, probablement, qu'il s'est faits pour sa petite fille... avec raison, du reste ! Si je n'avais pas retrouvé Sheila, en funambule... Juste à temps pour la soustraire aux suites des expériences de Frederick Norton...

— Salut, Papy !

— Salut, fiston !

— La famille va bien ?

— Elle va s'agrandir...

La façon dont il vient de dire ça me produit l'effet d'un direct au plexus. J'en bafouille :

— Tu ne... tu ne veux pas...

— Bien sûr que si ! Bonne nouvelle, non ?

— Merveilleuse nouvelle... Félicitations, Papy !

Je n'attends pas la fin de la communication pour m'écrouler, jambes fauchées, dans le fauteuil de Barney. Ce n'est pas tous les jours qu'on apprend, surtout comme ça, sans avertissement préalable, qu'on va bientôt être père !

Barney, qui frictionne toujours son poignet, de sa main valide, conclut en tournant le dos à l'écran éteint :

— Après le feu vert de Papy, tout ce que tu veux, quand tu veux... fiston !

J'entends l'appel, mais ne lui offre pas mon prénom, pas encore. Il ajoute :

— On ne t'a jamais dit que tu ressemblais vachement au nouveau Cohiérarque Suprême ? Le type de l'I.N.R.F., Rolf Schneider ?

Je grogne dans ma barbe :

— Si. Mais j'ai horreur qu'on me le fasse remarquer. C'est pas une référence !

Il approuve d'un hochement de tête. Me tapote gentiment l'épaule pour me signifier que tout est O.K. Pas un tourmenté, Barney. Pas un intello de la clandestinité, comme il y en a tant. J'aime bien les gens comme lui, qui sont capables de faire face aux situations complexes avec des réactions simples et sans cultiver des états d'âme.

Cultiver des états d'âme est un luxe qu'on ne peut pas se permettre quand on vit, comme il vit, avec le cul entre deux chaises.

CHAPITRE VII

Ma seconde sortie nocturne, à l'insu de Priscilla Wolf, commence de la même façon, par la giclée d'aérosols dans le nez de mon « épouse », les petits tours de passe-passe avec le dispositif d'alerte, la partie de cache-cache avec les gardes, mais se poursuit d'une manière nettement plus organisée.

Par un rendez-vous avec un « taxi » qui me ramasse à l'endroit convenu, à l'heure convenue, et redémarre sans poser de questions. Naturellement, je pourrais utiliser l'un des nombreux véhicules attachés au service de la résidence, mais ce serait multiplier — bien inutilement — les risques de découverte.

Non que cet autre moyen de transport soit de tout repos ! Je viens à peine de m'installer à l'arrière du véhicule que la glace intermédiaire remonte automatiquement, entre le chauffeur et moi, que les portières se verrouillent et qu'un sifflement léger me vrille les oreilles, en même temps qu'une odeur indéfinissable me chatouille — pas désagréablement — les narines. J'ai un sursaut instinctif qui ne doit pas échapper au gars, là-bas devant, par le truchement de la minicaméra et du petit écran-témoin encastré dans son tableau de bord. Pas plus que le geste conciliant de mes deux mains ouvertes, paume en avant, et la façon dont je me relaxe pour mieux accueillir les vapes ! Si c'est le merdier, il est déjà trop tard, de toute manière. Et si ça fait partie de la procédure habituelle, dans le cas d'un premier contact, autant se plier, de bonne grâce, aux formalités d'usage. Pas plus sympa, quand tout le monde reste cool ?

Je me réveille *ailleurs*. Sans la moindre notion du temps écoulé, de la distance parcourue. Une grande fille baraquée au visage énergique repose la bombe aérosols dont elle vient de se servir, à deux doigts de mes narines. Me tend un verre où pétille je ne sais quelle saloperie effervescente.

— Bois ça, et dans une minute ou deux, tu seras comme neuf !

Je plaisante, classiquement :

— Ou du moins, une bonne occasion !

Elle ricane alors que je lui rends le verre vide :

— Si tu te mets sur le marché... même un peu défraîchi... je suis preneuse !

— Pour la vie ? Ou pour un petit moment ?

Elle soupire, gonflant une poitrine qui n'a pas besoin de ça pour attirer l'attention des masses :

— Dans le genre de vie qu'on mène... on ne sait jamais si ce qu'il nous en reste n'est pas juste un petit moment !

Puis un jeune garçon vient me chercher, alors que les brumes achèvent de se dissiper, dans ma tête, sans laisser aucune séquelle, et l'infirmière

— car c'en est une, et c'est une infirmerie — lance après moi tandis que je quitte son domaine :

— Toujours prête à te nourrir au sein, beau mâle… si jamais tu te sens un petit creux !

Je lui fais au revoir, de la main. Sans me retourner, par-dessus mon épaule. Et suis, docilement, ce nouveau guide qui n'en crache pas une. A quoi bon, d'ailleurs ? Que nous soyons dans un *underground,* au sens propre du terme, c'est-à-dire largement au-dessous de la surface, c'est une évidence. Je ne parle pas seulement du décor typique, mais de cette sensation qui ne trompe pas, quand on y a beaucoup vécu. Une certaine qualité de l'air ambiant, plus figé, plus épais que partout ailleurs, avec des relents qui n'existent que sous terre. L'odeur caractéristique des lieux clos, si vastes soient-ils. Et si secs soient-ils, apparemment, cet inévitable arrière-plan de moisissures…

Immense, au demeurant, pour un *underground…* J'y relève, au passage, des vestiges d'écroulements déblayés, des coulées anarchiques de bétoplast, qui me renseignent un peu plus sur sa nature… Quand on a subi, au moins une fois dans sa vie, l'épreuve d'une « Opération Table Rase », on en reconnaît, à jamais, les conséquences !

Le petit mec pas bavard m'introduit finalement dans une ancienne cave assez confortablement aménagée où cinq-six filles et trois fois plus de garçons entourent une espèce de colosse coiffé d'un drôle de casque métallique qu'une forte jugulaire coince au-dessous du menton, comme à demeure. Drôle de casque dont les proportions insolites, surtout dans sa partie supérieure, ne semblent pas pouvoir héberger un crâne de dimensions normales.

Le type m'examine longuement, dans un silence absolu. Déclare enfin, d'une voix de basse qui gronde et graillonne à fond de poitrail :

— Tu m'appelleras « Crâne d'Acier », comme tout le monde ! Et toi ?

Je hausse ostensiblement les épaules.

— Tu m'appelleras « fiston », en attendant qu'on se connaisse un peu mieux... comme Papy et comme Barney et comme tout le monde !

Deux douzaines de souffles suspendus ajoutent encore à l'épaisseur du silence. Je ne cherche pas la bagarre, mais il est visible que ce géant couronné de métal impressionne son public et que si je veux m'en tirer, face à lui, j'ai tout intérêt à marquer tout de suite mon territoire. Autrement, il me traitera comme un petit garçon et finira par me marcher sur la gueule !

Il relève, au bout de quelques secondes :

— Tu m'as l'air d'avoir la langue bien pendue... pour un loufiat !

— Barney ne t'a pas dit qu'il ne fallait pas se fier aux apparences ?

— L'habit ne fait pas le moine et tout le bazar ?

— Il m'est arrivé de porter l'uniforme, pour exécuter certains coups. Ça n'a pas fait de moi un anti-ref de carrière !

Il rit. Brièvement. Si l'on peut appeler ça un rire : une sorte de hennissement qui sonne le creux dans sa large poitrine. Et c'est parti pour la joute verbale, sur un rythme accéléré qui trahit, sous cette calotte de métal, la présence d'un esprit vif et particulièrement lucide :

— Tu n'as posé aucune question à l'infirmière qui t'a réveillé... ni au gosse qui t'a conduit... Pourquoi ?

— Ils auraient répondu ?

— Non.

— Alors ?

— Tu n'as pas tenté de te débattre contre l'anesthésie, dans le taxi... et tu n'as pas protesté, après. Pourquoi ?

— C'était ça ou le bandeau sur les yeux, non ? Je trouve la solution choisie à la fois plus sûre et plus efficace !

— Papy a donné son feu vert ! Pourquoi cette précaution quand on sait pouvoir te faire confiance ?

— N'importe qui peut tomber dans les pattes des anti-refs. Si j'ignore où vous êtes, aucune saleté de drogue ne pourra me le faire dire !

Un bref interlude, que souligne une rumeur légère, précède la question suivante :

— En fait... tu n'as aucune idée de l'endroit où nous sommes ?

Attention, casse-cou ! Tout dépend de la façon dont fonctionne le cerveau de ce grand type. Mon hésitation, toutefois, est de courte durée. Quelque chose me dit que si je veux gagner la confiance de tous ces gens-là, « Crâne d'Acier » compris, je dois frapper aussi fort qu'il m'est possible de le faire.

— D'après ma montre, il s'est écoulé deux

heures, un peu plus, un peu moins, depuis le moment où j'ai sombré dans le cirage. Nous devrions être quelque part en dehors de Washington...

Une infime recrudescence de la rumeur précédente me confirme qu'il n'en est rien, et j'enchaîne sans changer de ton :

— ... mais je ne pense pas que ce soit vrai. Je pense qu'on m'a laissé dormir plus longtemps que nécessaire... dans le seul but de me faire croire que nous avions parcouru une assez longue distance !

Penché en avant, le géant plisse les paupières et pour la première fois depuis le début de mon interrogatoire, je décèle, dans sa voix, une certaine tension. Voire une vague inquiétude :

— Qu'est-ce qui peut bien te donner des idées pareilles ?

Méthodiquement, je lui décris les indices que j'ai relevés en cours de chemin, à la suite du jeune garçon, les éboulements nettoyés et les coulées chaotiques de bétoplast et le reste.

— Toutes choses que tu trouves uniquement dans des zones qui ont été nivelées, naguère, selon le procédé global employé par les Brigades Anti-Refs pour sceller hermétiquement les *undergrounds* sur les réfractaires et les condamner à crever dans leurs trous, de faim, de soif et de manque d'air... J'ai vécu ça, dans une autre ville, je sais en identifier les séquelles, et je sais aussi que ces « Opérations Table Rase » ne peuvent se pratiquer que dans des zones urbaines... Or, il n'y a pas, il n'y a plus de zone urbaine assez importante, dans le rayon suggéré par le laps de temps écoulé, autour de Washington... Donc, nous sommes sur le territoire de Washington... dans un *underground* qui a été « nivelé »... et rouvert habilement, quelque part, pour héberger une nouvelle colonie !

Cette fois, le silence retombe sur l'assistance comme un vaste manteau de plomb. S'éternise. Au bout d'une minute ou deux :

— Ou tu es vraiment ce que tu prétends être... ou tu étais formidablement bien renseigné, avant de venir ! Compte tenu de la caution préalable de notre vieux Papy, je crois pouvoir m'en tenir à la première solution...

Il lève la main, étouffant, d'un geste impérieux, la clameur naissante :

— Encore une question... Même s'ils ont beaucoup de sang-froid et leur conscience pour eux, tous les visiteurs gazés à l'arrière du taxi paniquent plus ou moins... Pas toi. Pour quelle raison ?

Je me fends d'un petit rire sec.

— Un peu comme si tu me demandais pour quelle raison je n'ai pas hésité à m'enfiler le liquide effervescent tendu par la nénette de l'infirmerie ! Ni le processus de cette anesthésie... justifiée... ni l'absorption d'un remède qu'il n'a aucun motif de supposer toxique ne sauraient affoler... un médecin !

— Car tu es...

— Médecin, oui ! Plus exactement, je l'aurais été si je n'avais plongé dans la clandestinité, voilà bientôt dix ans, à la veille de recevoir mes diplômes...

— Pourquoi ?

La vieille fureur est là, solide au poste, à mesure que je retrouve intacts, au fond de moi, les ressorts qui m'ont projeté hors des rails, à la fin de mes études de médecine :

— Parce que je n'ai pas pu me résigner à n'être, au service du gouvernement, que l'exécutant d'instructions rigoureuses correspondant à chaque syndrome... un simple distributeur de drogues et de gadgets *exigés,* sous le contrôle étroit du gouvernement, par chaque diagnostic ! Et pas question d'épargner aux malades, dans telles et telles conditions, tel ou tels examens réglementaires, telle ou telle hospitalisation inscrite sur le manuel... sous peine de sanctions graves, voire d'exclusion définitive pour faute professionnelle ! Je n'ai pas pu... au dernier moment, je n'ai pas pu contribuer à cet asservissement médical de mes semblables. Je n'ai pas pu devenir ce bon petit rouage de la grande machine dont la finalité ultime, pour qui sait voir, est l'établissement d'une *Médicarchie Absolue !*

Je crois qu'il y a des accents sur lesquels on ne peut se méprendre, et je crois que dans l'intensité, la véhémence d'un discours jailli du plus profond de moi-même, j'ai su trouver ces accents, car trois personnes, deux hommes, une femme, se précipitent vers moi, se bousculent pour m'embrasser en m'appelant leur frère. Et la voix grave, graveleuse de « Crâne d'Acier » exprime une sincère émotion lorsqu'elle intervient, dominant l'agitation générale :

— Ces trois-là ont bien failli être médecins, eux aussi... et leur démarche a été sensiblement la même que la tienne...

Un sourire asymétrique s'étale sur son visage aux proportions bizarrement faussées par ce casque métallique.

— J'ajouterai simplement que tu te trompes en croyant que les sanctions encourues par ce qu'ils appellent les « médecins félons » se bornent à des mesures administratives ou disciplinaires... Je suis médecin, moi aussi... fiston ! Ou je l'étais ! J'avais décroché mes diplômes et j'exerçais mes compétences dans le cabinet ouvert et installé, pour moi, par le gouvernement... J'essayais de soigner mes patients... de les soigner vraiment... pas d'entretenir et d'approfondir l'état de dépendance dans lequel ils se trouvaient déjà... Un beau jour, je me suis fait prendre en flagrant délit d'infraction à l'éthique médicale... à *leur* éthique médicale ! Mais je n'ai été, ni sanctionné de quelque façon que ce soit, encore moins exclu par le Conseil de l'Ordre ! Je me suis retrouvé, tout bonnement, à l'I.N.R.F., sur une table de vivisection...

Il se déplie, se déploie de toute sa taille.

— Je ne suis pas un petit gabarit, comme tu peux le voir, mais ils ne se méfiaient pas de moi... persuadés qu'ils étaient de m'avoir assommé une bonne fois... avec une piqûre nettement insuffisante pour ma carcasse !

Son visage se convulse au souvenir de cette journée à jamais imprimée dans sa mémoire.

— Ils venaient de me trépaner... une large trépanation qui devait leur permettre de me câbler le cerveau... pour me transformer en une de ces marionnettes télécommandées avec lesquelles ils aiment tant faire joujou ! Je crois que c'est le spectacle de ma propre calotte crânienne reposant dans un cristallisoir qui a déclenché ma fureur... J'ai rompu mes sangles, secoué les derniers effets de la piqûre... et je leur ai arrangé le crâne, moi aussi, à ma façon, schlack ! Tête contre tête ! Je ne pense pas qu'ils s'en soient tirés... L'enceinte de l'I.N.R.F. n'était pas aussi hermétique qu'elle l'est maintenant... J'ai pu m'enfuir... sous une blouse volée... avec une coiffe d'infirmier en guise de couvercle !

Dans un de ses grands rires de cheval, en forme de hennissement :

— Bien entendu, je n'avais pas récupéré ma calotte ! Mais je connaissais un bon métallurgiste... restaurateur de ces vieilles armures que les Hiérarques s'arrachent à prix d'or... C'est lui qui m'a bricolé cette coupole...

Je vois ce qu'il va faire et réprime un geste instinctif pour m'y opposer. Il s'agit là d'une exhibition qui lui est probablement coutumière et je suis un médecin, moi aussi, nom de Dieu ! Pas un gosse impressionnable...

Calmement, il ôte le casque qui lui vaut son surnom, se penche en avant pour m'offrir le spectacle de son crâne tronqué où s'encadre la masse rosâtre et comme faiblement palpitante du cortex dénudé, sous la pie-mère, l'arachnoïde et la dure-mère. Difficile d'imaginer qu'il a pu survivre, ainsi, jusqu'à la pose de ce fameux casque. Aurait-il survécu s'il n'avait été cette force de la nature ?

Il y a quelque chose de quasi sacrilège dans cette vision, à nu, du poste de commande des facultés humaines, depuis les plus hautes jusqu'aux plus humbles. Médecin ou pas, je suis soulagé lorsque « Crâne d'Acier » remet son casque. Rajuste la sangle de cuir, sous son menton. Philosophe :

— L'avantage de ce strip-tease cervical, c'est qu'il me fournit un argument-massue pour convaincre les hésitants de se faire enlever leur pacemaker cérébral... Quand ils ont commis la sottise d'en accepter la pose !

— Alors, là, tu triches puisque...

— Puisque j'ai tué ces deux ordures de neurochirurgiens avant qu'ils m'aient implanté la moindre électrode ? C'est exact. Mais ça, je ne suis pas obligé de le leur dire... et l'opération à laquelle ils doivent s'exposer est tellement moins spectaculaire...

Il me plaque, entre les omoplates, une claque à me coincer la moelle épinière entre deux vertèbres.

— Bienvenue à bord, fiston, quel que soit ton nom véritable... fais-moi penser à remercier Papy, un de ces jours... Grâce à lui, tu es maintenant des nôtres !

***

J'ai su me montrer convaincant, au-delà du dernier doute, car ils ne m'imposent pas, au retour, la procédure de l'anesthésie.

J'en suis presque déçu lorsque le « taxi » me recrache à l'endroit où il m'a ramassé, près de quatre heures auparavant. Je suis sincère, c'est un fait, dans mes convictions et dans mes intentions. Ils l'ont pleinement ressenti, mais le renoncement à cette précaution élémentaire n'en constitue pas moins une faute grave. La seule qu'ils aient commise, par excès d'enthousiasme, dans un programme autrement rigoureux. La seule, mais... de taille !

A présent, je sais où ils sont, et comment les joindre. Que je me trahisse d'une façon quelconque, ils seront tous perdus. Ce n'est même plus, aujourd'hui, une question de courage et de résistance à la torture. Bon gré, mal gré, on parle sous l'effet des drogues adéquates. Leur chance unique, dans un cas semblable, sera que j'aie le temps de me suicider, avant de tomber dans les mains des opérateurs de l'I.N.R.F. !

Je réalise, en réintégrant le parc de la résidence, que l'aube est dangereusement proche, et que s'ils m'avaient endormi, je n'aurais sans doute pas eu le temps de me « réveiller » suffisamment, même avec les aérosols stimulants et la médication effervescente, pour vaquer sans erreur à toutes les manœuvres de ma rentrée au bercail.

Déjà, c'est tangent ! Un des gardes me fait piquer une sacrée suée, en observant pendant plus d'un quart d'heure, à travers la grille, le buisson dans lequel je me suis réfugié. Finalement, il hausse les épaules, raconte je ne sais quoi à son camarade et tous deux s'éloignent tranquillement. Mais j'ai eu très chaud. Après ça, j'oublie presque de me servir du minimodule qui télécommande la mise hors circuit des systèmes d'alarme. Enfin, je suis tellement crevé que je bouscule un vase, dans l'appartement, et qu'il se fracasse, sur la mosaïque, avec un vacarme de fin du monde. C'est la première et la dernière fois que je dois étirer ma veine à ce point-là ou sinon...

— Dick ! Diiiiick !

La voix de Priscilla, réveillée en sursaut, depuis la chambre... Bon sang, qu'elle trouve l'énergie de venir voir ce qui se passe et elle voudra savoir ce que je fous, dans ces vêtements insolites, à cette heure de la nuit !

Je m'en dépouille à vitesse grand V, rejoins Priscilla dans la chambre alors qu'elle sort du lit, se redresse, chancelle sur place en répétant :

— Dick ! Diiiiick !

De cette voix de petite fille qui est parfois la sienne.

Un dernier écueil : j'ai pleinement conscience de sentir le fauve, après toutes ces émotions, toutes ces cavalcades, et je l'enlace éperdument, retombe avec elle sur le lit en gémissant comme un gosse :

— Oh, si tu savais, Prissy... J'ai fait un cauchemar affreux... Tu m'avais appelé Dick, en public, comme tu viens de le faire... et c'était la catastrophe... et nous étions séparés... Je me suis réveillé baigné de sueur froide... et en voulant aller boire un verre d'eau, j'ai bousculé je ne sais quel truc...

Mal sortie des brumes, elle-même, elle chuchote :

— Oh, Dick... laisse-moi t'appeler par ton vrai prénom... au moins la nuit !

Et puis elle me prend dans ses bras et me berce maternellement, en murmurant des mots tendres, et Dieu merci, au contact de nos corps dénudés, je réagis de la façon la plus propice à l'oubli des contingences, et c'est elle qui se rendort la première, ensuite, tandis que je lutte, opiniâtrement, contre le sommeil.

Ressortir du lit, alors que le jour est proche, aller ramasser les vêtements épars, en faire un paquet que je cache, provisoirement, au fond de ma garde-robe, j'ai l'impression, en faisant tout ça, de jouer dans une de ces mauvaises pièces d'antan qu'ils appelaient, je crois, des « vaudevilles ». Où des acteurs outranciers et grandiloquents dessinaient des personnages improbables placés, les trois quarts du temps, dans des positions ridicules.

J'ai un peu honte en revenant me glisser, pour la troisième fois de la nuit, auprès d'une Priscilla particulièrement abandonnée et confiante, qui se presse contre moi dans son sommeil.

Priscilla Wolf, le « monstre » de la médicarchie, offre ce matin, à mon regard coupable, son visage de petite fille.

Pourtant, ce n'est pas lui que j'emporte dans mes rêves. Mais plutôt l'image — effroyablement réaliste, car je viens d'en voir un exemple — d'une boîte crânienne profanée, béant sur ces trois livres de gelée rosâtre à la complexité infinie, capable de receler, côte à côte, les réactions et les sentiments d'un monstre.

Et d'une petite fille.

CHAPITRE VIII

Il fait grand jour lorsque la voix de Priscilla me tire, en douceur, d'un de ces cauchemars inextricables où s'exprime, avec un réalisme souvent stupéfiant, cette partie mystérieuse de l'être que le fonctionnement ininterrompu du cerveau continue d'animer, pendant le sommeil.

Elle distille, cette voix :

« ... d'arriver pour le début de la session proprement dite. A tout à l'heure... *Rolf* chéri ! »

Puis reprend :

« Tu avais l'air si fatigué, après cette nuit agitée, que je t'ai laissé dormir, mais il y a séance du Conseil, aujourd'hui... Je t'excuserai pour les préliminaires et les premières questions à débattre, qui n'ont jamais une bien grande importance... Essaie d'arriver pour le début de la session proprement dite. A tout à l'heure... *Rolf* chéri ! »

Brillant comme je suis, ce matin, je pige en cours de route qu'il s'agit là d'un message enregistré par Prissy, juste avant son départ, et monté en boucle afin de se répéter jusqu'à ce que je trouve la force de stopper l'engin. Les mots « après cette nuit agitée » me valent une émotion brève. Mais il y a, dans le dernier des quatre, une nuance égrillarde qui me rassure. Non, Priscilla ne peut pas se douter de ce que je suis allé faire en ville, avant de la réveiller en culbutant ce foutu vase. L'unique allusion contenue dans la première partie de son message ne fait référence qu'à ce qui s'est passé *après* cette menue catastrophe. Quant à son « je t'excuserai », il a le don de me rendre mon sourire. Je les entends d'ici, ses excuses ! Le genre « et si vous n'êtes pas contents qu'il s'épargne le début de vos pitreries, vous pouvez aller vous faire foutre ! » Exprimé dans un langage à peine plus diplomatique...

Je me sors des toiles défraîchies et constate, devant le premier miroir, que selon la plaisanterie d'âge respectable, j'ai des poches sous les poches que j'ai sous les yeux. Hiérarque le jour, réfractaire la nuit, il est bien évident que je ne pourrai pas tenir des années, à ce train-là. En m'abandonnant, un peu plus tard, aux soins experts des deux masseuses-esthéticiennes-cosméticiennes au service de Priscilla, je me surprends à réfléchir, comme il m'est arrivé de le faire maintes fois, dans ma vie, à cette abstraction qu'on appelle « volonté propre » ou « libre arbitre ».

Est-ce que j'ai jamais *voulu* me trouver un jour où je suis aujourd'hui ? Dans la peau d'un Premier Hiérarque, sur la plus haute marche du podium en compagnie d'une Priscilla Wolf portée elle-même à ce niveau par la disparition opportune de son père. (Opportune, tu parles !)

Est-ce que j'ai jamais voulu ça ? La réponse est non. Je ne pouvais prévoir que sous mon étiquette usurpée de Rolf Schneider, l'opposition essaierait de me péter la gueule. Je ne pouvais prévoir que stupéfiée par la façon dont j'avais esquivé l'attaque, Priscilla Wolf découvrirait ma véritable identité. Je ne pouvais prévoir, enfin, que par un tour de passe-passe érotico-sentimental, elle ne penserait plus qu'à vivre avec moi et me hisser, avec elle, au faîte du pouvoir.

Fatalité ? Rien n'est fatal. Mais rien n'est simple. Tout ce qui nous arrive est le résultat souvent imprévu, la résultante de nos propres efforts et des efforts parfois contraires et parfois exercés dans le même sens de deux, dix, plusieurs, une foule de blocs de gelée rosâtre inclus dans deux, dix, plusieurs, une foule de boîtes crâniennes à l'opacité redoutable ! J'y pense toujours alors que trônant auprès de Priscilla, une heure plus tard, je m'oblige à prêter l'oreille aux élucubrations jaillies, par le truchement de la parole, de toutes ces boîtes en os.

Dont certaines sont presque aussi vieilles, aussi chenues que l'était celle du Hiérarque Suprême, avant sa chute dans cet escalier de marbre ! Tellement caduques et tellement appliquées, encore, à dominer leur monde comme si ce monde devait finir avec eux, au moment de leur propre mort ! Qu'est-ce qui donne à cette race d'hommes riches et puissants, déjà, l'envie de disposer du pouvoir jusqu'au bout, jusqu'au but ultime de toute vie : la mort ? Comment peuvent-ils s'obstiner à ne pas vouloir comprendre que plus ils posséderont, à la fin du compte, plus dure sera la chute ? Moins facile sera d'accepter le sort commun ? Qu'ils risquent de mourir plus misérablement que le plus misérable, bloqués dans leur peau par le sentiment de tout ce qu'ils perdront, en perdant la vie ?

Plongé dans mes pensées, j'encaisse un petit coup de pied de Priscilla, au niveau la cheville, qui me remet en selle alors qu'un de ces vieillards pomponnés, perruqués, ne paraissant pas plus de cinquante-soixante ans grâce aux artifices de la chirurgie esthétique, s'élève avec véhémence contre :

— ... ces médecins renégats qui dans des conditions précaires, osent charcuter le crâne de leurs semblables pour en extraire le pacemaker cérébral posé, dans toutes les règles de la science contemporaine, par nos équipes chevronnées, dans nos laboratoires officiels ! Cette « barrière du crâne », Messieurs et Mesdames les Hiérarques, que ces insensés n'hésitent pas à franchir avec des moyens plus que rudimentaires... ce dernier rempart de la personnalité, de l'intégrité... disons-le... de l'*âme* humaine...

Disons-le ! D'ailleurs, ils ne s'en privent pas, tous ces guignols ! Jamais, pourtant, quand ce sont « nos équipes chevronnées » qui franchissent cette barrière, dans « nos laboratoires officiels ». Toujours lorsque cette violation se produit dans un autre contexte et comme par hasard, pour écarter les effets potentiels d'une première violation « dans toutes les règles de la science contemporaine » !

Je lève la main. Objecte quand le président de séance me donne la parole :

— Voyons, voyons, Honorable Membre du Conseil, ces médecins renégats dont vous parlez ne peuvent pas être si nombreux que leurs interventions puissent fausser de façon significative les résultats obtenus par la campagne de propagande déclenchée lors de l'implantation des premiers pacemakers cérébraux !

La difficulté, l'ambiguïté de ma position toute puissante, en théorie, c'est que je ne peux aider « Crâne d'Acier » et les autres que négativement. En m'efforçant de minimiser les faits relevés par ce vieux schpountz et ses collègues !

Dont un monopolise illico le crachoir pour affirmer que statistiquement, le nombre de jeunes médecins qui renoncent à exercer leur métier, à la veille d'obtenir leurs diplômes, n'est, à l'échelle du pays, tout de même pas négligeable, et que par conséquent...

Le genre de perche à ne pas me tendre, quand j'ai envie de noyer le poisson. Je me lance, immédiatement, dans une violente diatribe contre :

— ... le système actuel qui d'une façon ou d'une autre, et il faudra bien qu'on me dise laquelle, écœure les jeunes candidats à l'exercice de la médecine ! Si le pourcentage de défections, à la veille d'être installés dans leurs meubles par le gouvernement, est, comme vous le dites, loin d'être négligeable, c'est que l'argumentation qui leur est présentée, pour les stimuler dans leur vocation, est mal faite, et je ne vois...

Je ne vois qu'une personne, du coin de l'œil : Priscilla qui m'adore, ouvertement, dans mon rôle de Cohiérarque Suprême, et dans la mesure où je fais preuve d'une telle autorité, ne songe même plus, en cet instant précis, à promouvoir sa propre image de marque !

J'ai, en pensant à autre chose, dû louper quelque chose, car le premier kroumir est de nouveau sur la sellette, qui pérore, le visage en feu, avec une passion dangereuse à cet âge :

— Ce que vous ne semblez pas comprendre... hormis le respect que je vous dois, Messieurs et Mesdames les Hiérarques... c'est que si nos ordinateurs nous fournissent, de manière infaillible, la liste des gens encore réfractaires à l'implantation du pacemaker cérébral... ceux qui ont subi cette pose officielle... puis cette dépose clandestine... continuent de figurer sur nos listes comme porteurs de l'appareil, alors que...

Aïe ! Argument sérieux, qui appelle une rumeur approbatrice et qui débouche, en quelques répliques, sur un projet de vérification méthodique, sous la férule des anti-refs, de la présence effective du pacemaker chez les personnes officiellement implantées... Une fois de plus, je m'efforce d'affaiblir l'impact de la suggestion, par une logique différente :

— Mes amis... soyons sérieux, voulez-vous ? Mobiliser... donc immobiliser... tout ou partie de nos Brigades Anti-Réfractaires pour un tel travail de contrôle... alors que selon la description de l'Honorable Membre du Conseil lui-même, la plupart de ces interventions pratiquées sous asepsie, sans matériel sophistiqué, doivent déboucher sur de véritables assassinats... ne voyez-vous pas que ce serait de la folie ? N'y a-t-il pas, actuellement, des agressions et des attentats, un peu partout dans le pays comme dans le reste du monde ? N'ai-je pas failli, moi qui vous parle, laisser ma peau dans une attaque à la roquette de gros calibre ? Qui a coûté par ailleurs la vie à plusieurs personnes ! Au nombre desquelles vous auriez pu vous trouver ce jour-là, Messieurs et Mesdames les Hiérarques, si vous aviez emprunté, à ma suite, le même itinéraire ! Et ce serait le moment que nous choisirions pour occuper nos anti-refs à des besognes de routine, sans nécessité évidente ?

En m'acharnant à leur flanquer la pétoche, j'écarte le danger, provisoirement. Mise aux voix, la mesure proposée ne récolte pas un dixième des suffrages. Bien sûr, j'ai mon droit de veto, et je suis certain que Priscilla, au moins pour le moment, me suivrait en toutes choses, mais ce serait un peu trop ostensible. Périlleusement ostensible...

La grande vérification des porteurs officiels de pacemakers cérébraux n'aura donc pas lieu. Pas encore. Et dans un esprit de compensation, je suggère quelques arguments de propagande pour encourager les derniers non-porteurs à se présenter dans les centres d'implantation, les porteurs à conserver précieusement leur appareil au lieu d'exposer leur vie entre les mains de charlatans sans conscience.

Combien de temps pourrai-je préserver cet équilibre ?

Et le mien, par la même occasion ?

Combien de temps pourrai-je protéger ceux des *undergrounds* en continuant à donner au Conseil des Hiérarques l'impression que seuls m'importent les affaires et les intérêts du régime ?

⁂

A trois nuits de là, je trouve, sur la banquette arrière de mon « taxi » nocturne, un petit paquet de prospectus dont la présence, à cet endroit, me fait douter, une fois encore, du bon sens qui peut régner dans l'organisation clandestine dont « Crâne d'Acier » tient les rênes.

Puis je vois qu'il ne s'agit pas de tracts subversifs, mais d'un des textes gouvernementaux que j'ai personnellement inspirés, lors de la dernière session du Conseil des Hiérarques.

Outre les dangers de la dépose officieuse du pacemaker, le message insiste sur un aspect négligé, jusque-là :

« Au commencement, était le « cerveau reptilien »... que nous possédons toujours : siège des instincts et des émotions et des facultés motrices indépendantes de la volonté... C'est avec l'apparition du cortex que l'homme est devenu l'homme et son encéphale, au cours des millénaires, n'a jamais cessé de se perfectionner... Mais c'est la première fois dans l'histoire de l'humanité que l'homme n'attend pas tout des mutations aléatoires de sa propre évolution et prend délibérément, volontairement, l'initiative de s'améliorer lui-même... La première fois, dans toute son histoire, qu'en intégrant le pacemaker cérébral, l'homme prend en main son propre destin... »

Charabia pseudo-scientifique plein d'inexactitudes, mais efficace — peut-être — sur le gros public. Ou qui l'aurait été, voici quelque temps. Aujourd'hui, je ne sais plus très bien, moi-même, où j'en suis. Qui le sait, d'ailleurs? Même les Hiérarques, avec dans leurs mains toute la richesse et toute la puissance, ne sont pas à l'abri des manipulations verbales!

L'astuce majeure de l'*underground* occupé par « Crâne d'Acier » et les autres, c'est que sa seule entrée se trouve à l'intérieur d'un des entrepôts qui ont été reconstruits, après « nivellement punitif », sur d'anciennes installations portuaires, à très courte distance de la rive du Potomac. Une rampe de chargement pivotante masque cette entrée. Fort ingénieusement dans la mesure où un très léger déplacement suffit pour la rendre praticable. Naturellement, la moindre enquête tant soit peu approfondie amènerait sa découverte. Un peu comme dans le cas de ma propre mascarade. Le tout est de ne jamais commettre la moindre erreur susceptible de provoquer cette enquête et sur ce plan-là, tout le monde fait preuve d'une discipline impeccable. Mais la discipline la plus rigoureuse finit toujours par s'effilocher, quand aucune alerte ne la renforce, et je n'aime pas le topo, malgré tout. Ça ne me rassure même pas de savoir qu'en cas d'urgence, un paquet d'explosif déjà en place pourra frayer une sortie directe sur les eaux du fleuve…

« Crâne d'Acier » m'attend dans son domaine souterrain, dont il ne sort pratiquement jamais, et dont une dérivation « voleuse » branchée sur une ligne urbaine assure l'éclairage.

— J'en ai ressorti sept aujourd'hui, fiston !

Il parle des pacemakers cérébraux, naturellement, et je ne peux m'empêcher de faire la grimace.

— Est-ce que ça ne représente pas beaucoup d'allées et venues pour une seule journée ?

— Tout est automatisé, là-haut, et les deux préposés à la surveillance et à l'entretien de l'équipement sont des nôtres.

— Ça, j'avais compris. Ce serait impossible autrement. Mais quand même…

Il soupire en grattant un crâne qui ne peut guère le démanger que de l'intérieur :

— Sept… C'est si peu de chose…

— Multiplié par tous ceux qui font comme toi, dans tout le pays…

— Même comme ça, qu'est-ce que ça représente ? Une goutte d'eau dans la mer…

— Des gouttes d'eau de plus en plus nombreuses… dans une mer qui n'est tout de même pas infinie !

Un des trois toubibs présents sur les lieux, en plus de « Crâne d'Acier », lors de ma première visite, nous rejoint paisiblement. Il s'agit de la doctoresse. Les deux autres praticiens mâles sont allés, depuis, exercer leurs compétences dans des *undergrounds* où l'afflux croissant des cendidats à l'extraction du pacemaker cérébral réclamait de la main-d'œuvre hautement spécialisée !

Samantha — c'est le prénom de la doctoresse — jette un carré d'étoffe blanche sur la simple table de bois promue à la dignité de table d'opération. Annonce d'une voix sans intonations particulières :

— Encore un client, *Steel Skull* (1) ! Il est venu d'assez loin, par la filière nord. Il ne peut pas rester cette nuit et veut à tout prix repartir « propre » !

Non sans un soupir, « Crâne d'Acier » se prépare, prenant toutes les précautions d'antisepsie et de protection du patient qu'il lui est possible de prendre dans cet environnement rudimentaire.

— Je peux t'assister ?

Il me rit au nez.

— La vieille nostalgie du médecin frustré qui dort sous le costume du larbin ?

— Exactement.

Je suis curieux, surtout, de voir comment ils opèrent dans ces conditions qualifiées « d'insensées » par le vieil emmerdeur du Conseil des Hiérarques. Samantha m'aide à me préparer. Je grogne à travers mon masque de gaze :

— Pas de projection holographique du champ opératoire ?

Et « Crâne d'Acier » s'esclaffe en faisant coucher son client nocturne sur le ventre :

— Folie des grandeurs, fiston ?

C'est, effectivement, beaucoup plus simple

(1) *Steel Skull :* Crâne d'Acier.

qu'en dépit ou peut-être à cause de ma formation médicale, je ne l'imaginais moi-même. Tous les éléments miniaturisés du pacemaker cérébral sont inscrits dans la chair du sujet, à la base du crâne. Avec les deux électrodes capillaires qui s'enfoncent, en ligne droite, jusqu'aux deux points préalablement repérés du système limbique. Impossible de mettre le tout en place sans casque stéréotaxique et sans coupe radio 3-D de référence. Pour l'extraction, toutefois, il suffit de dénuder le petit appareil, de l'empoigner fermement à l'aide d'une pince de forme adéquate, et finalement de tirer sans secousses, sans fausses manœuvres, pour être bien sûr de récupérer, jusqu'au bout, les électrodes capillaires. Une légère anesthésie locale, pour l'incision dans la viande. Et rien pour le reste. Centre responsable de nos souffrances, mais privé lui-même de cellules nerveuses, le cerveau est incapable de souffrir dans sa propre substance. En moins d'une demi-heure, le tour est joué, le patient reparti avec sa plaie dûment suturée par un fil autorésorbant et la liste, très courte, des précautions à prendre.

Je grogne en quittant la chaise sur laquelle j'ai pris place pendant que Samantha vaquait à ses travaux de couture :

— Mieux vaut tard que jamais, les enfants, mais vous ne croyez pas que depuis le début de cette opération nettoyage, on a un peu loupé le coche ?

— Pourquoi ça ?

— A la dernière session du Conseil des Hiérarques, le projet de vérification du port des pacemakers, par les B.A.R., a été repoussé de justesse… Mais en prévision du jour où il va passer… est-ce qu'il ne suffirait pas de substituer à l'appareil un petit objet de même forme approximative ? Je ne sais pas, moi, une espèce de fac-similé taillé grosso modo dans de la résine synthétique anallergène… Qui ne gênerait personne et qui tromperait les anti-refs, à la palpation, si jamais…

Je me tais en les voyant se regarder, tous les deux, avec un air de profonde compassion.

— Tu aurais dû observer jusqu'au bout, fiston ! Tu te serais rendu compte qu'on ne t'a pas attendu pour avoir ce genre d'idée géniale !

« Crâne d'Acier » sort dans un gros rire, en jurant qu'il tuera de ses propres mains le prochain candidat à l'épluchage du pacemaker qui aurait l'audace de se présenter cette nuit. Je me retourne vers Samantha qui me tend, avec un sourire, une coupelle garnie de petits blocs blanchâtres singeant approximativement la forme du pacemaker.

— Oui, oui, oui… J'ai eu l'air un peu con, tu ne crois pas… collègue ?

Elle hausse les épaules.

— Tu as bien fait rigoler « Crâne d'Acier », c'est déjà ça. Il n'en a pas l'occasion tous les jours… Pour le reste, chacun son truc… chacun dans sa sphère… Il faut voir les choses pour avoir des idées… Une seule fois t'a suffi pour…

Je ricane :

— C'est ça ! Flatte mon ego ! Il en a bien besoin !

Mes yeux s'arrondissent alors qu'elle ôte calmement sa blouse blanche et la suspend à un clou. Un détail : sous cette blouse blanche, elle ne porte rien d'autre que Samantha. Je murmure :

— Hé ! C'est ma vue qui baisse ou tu n'avais que cette blouse, sur la peau ?

De nouveau, ce haussement d'épaules. Lent et prolongé, cette fois. Avec le classique petit coup d'ascenseur au niveau d'une poitrine bien accrochée.

— Comme je le disais tout à l'heure... il faut voir les choses pour avoir des idées...

— Oui, mais...

— Si j'ai bien compris, ton chauffeur ne passe pas te reprendre avant une petite heure ?

— Si, mais...

Brusquement, j'ai envie d'elle et balance mes frusques tandis qu'elle va boucler, de l'intérieur, la porte du local.

Nous faisons l'amour. Sur la table. En copains. Puis avec une authentique frénésie. C'est ardent, intense, et trop court. Mais profondément satisfaisant — j'espère — pour elle comme pour moi. Il y a des moments, quand on mène des vies aussi « décalées », où la bonne vieille rencontre au sommet, entre sexes complémentaires, reste la meilleure façon de se rappeler qu'on existe !

Elle boude, ou fait semblant, nichée au creux de mon bras :

— Parlant d'ego... tu sais que tes hésitations n'étaient pas très flatteuses ?

— Ce n'étaient pas des hésitations...

— Non ? Alors, quoi ?

— La soudaineté de la chose... son côté inattendu...

— Et maintenant ?

Elle entreprend, avec toutes les armes dont elle dispose, de nous organiser une seconde reprise. Y parvient. Et je ne lui dis pas que mon léger recul était, en fait, d'une nature essentiellement « pratique ».

Compte tenu des exigences quotidiennes de Priscilla, ce que je viens de faire avec Samantha tient du sabordage. J'ai tout intérêt à ne pas casser un autre vase, en rentrant à la résidence. Qu'il me reste au moins la journée pour recharger mes batteries !

— Dis donc...

— Quoi ?

— Sorti de tes fringues de larbin... on ne t'a jamais dit que tu ressemblais à ce...

— Si ! Souvent !

Je renfonce, jusqu'aux yeux, la coiffe réservée aux « gens de maison » qui, en aplatissant ma chevelure, déguise un peu les proportions de mon visage.

— Mais ne le crie pas si fort ou je vais finir dans la peau d'un de ces sosies qu'on engage pour doubler les grands... quand on a des raisons de craindre un attentat !

Et je me rhabille en vitesse. Quoi qu'on en dise, l'habit fait le moine. Et la plupart des gens ne lèvent pas les yeux jusqu'au visage d'un homme vêtu en domestique.

CHAPITRE IX

Au cours des semaines, puis des mois qui s'égrènent, deux facteurs opposés — donc complémentaires — concourent à rendre de plus en plus difficile la poursuite de mes exigences parallèles.

Pas les contingences matérielles souvent contradictoires, elles aussi, de ces existences... Sur ce plan-là, les choses ont pris, graduellement, une « vitesse de croisière » confinant à la routine.

Routine vigilante, s'entend... Légèrement modifiés, dans leur composition, afin de prévenir l'accoutumance, les aérosols marchent très bien, sans dommages pour une Priscilla plutôt satisfaite, au contraire, d'avoir depuis quelque temps, une ou deux fois par semaine, des nuits aussi reposantes. Et ce n'est pas tout. La détente qu'elles lui apportent influe sur toutes ses autres nuits et jamais la Hiérarque ne se souvient d'avoir joui — entre autres avantages — d'un sommeil aussi profond, aussi régulier que celui-là. Un équilibre nouveau — elle a toujours été plutôt insomniaque — qui grandit encore, aux yeux de Priscilla Wolf, l'importance que j'ai prise dans sa vie, car elle attribue cet équilibre, à cent pour cent, au « repos de la guerrière » qu'elle trouve dans mes bras. De ce côté-là... tout baigne !

Du côté de mes gardes également. Je connais si bien, maintenant, toutes leurs habitudes, toutes leurs menues manies et lacunes professionnelles, qu'à l'aller comme au retour, les précautions à prendre font désormais partie intégrante de mon organisation mentale et que je ne risque plus de commettre le genre de maladresse qui a failli tout flanquer par terre — en même temps qu'un vase précieux — au début de mes sorties nocturnes. Non, ce qui commence à s'effilocher, sur les bords, c'est la crédibilité de mon personnage, au Conseil des Hiérarques, en tant que farouche pourfendeur de réfractaires !

Protéger ces crétins pas toujours bien avisés dans leurs initiatives, en me donnant des airs de vouloir avant tout les exterminer par paquets de douze, devient, à chaque nouvelle session du Conseil, un peu plus impossible.

Un exemple : l'histoire des pacemakers bidon, en résine anallergène, a finalement été éventée, et dans leur désir de démasquer les coupables, les B.A.R. ont déjà tué d'un bout à l'autre du pays, à grand renfort de palpations brutales, des innocents qui se baladaient toujours avec leur appareil bien en place.

Ces « accidents malheureux » que la tridi officielle qualifie de « regrettables, mais entièrement imputables aux activités démentielles des réfractaires », tout le monde s'en fout, au

Conseil des Hiérarques. Seule objection : on ne sait jamais, dans cet ordre d'idée, quelle goutte peut faire déborder la coupe et personne n'a envie d'avoir sur les bras des troubles de grande envergure. Lorsque quelqu'un veut savoir si l'on ne pourrait pas équiper les anti-refs d'un moyen de détection simple et sûr de la présence du vrai pacemaker, j'annonce paisiblement que ce moyen est déjà en préparation dans mes services, à l'Institut National de Recherches Fondamentales. J'attendais, simplement, que le prototype soit au point pour en parler à la docte assemblée. Il s'agit — il s'agira — simplement, d'un léger casque de matière plastique analogue au « kamiya », mais comportant un minidétecteur qui décèlera instantanément, dans la tête de l'individu contrôlé, la présence ou l'absence de l'élément actif, la « pile éternelle » du pacemaker cérébral.

Acclamé au Conseil, je suggère ou plus exactement, mon autre moi couleur de muraille suggère à « Crâne d'Acier », deux ou trois nuits plus tard, la double parade d'ailleurs évidente : circulation aussi réduite que possible des porteurs de résine anallergène et substitution, à partir de là, non plus d'un petit bloc de matière synthétique, *mais du pacemaker lui-même, après élimination des électrodes capillaires.* Ainsi, les détecteurs continueront de signaler la présence de la pile, mais le pacemaker cérébral sera inopérant. Une solution que la plupart des nouveaux opérés n'acceptent pas de gaieté de cœur, car il leur répugne de conserver dans leur chair l'appareil lui-même, symbole d'une sujétion dont ils n'avaient pas, à l'origine, mesuré toutes les implications possibles.

Comme il était prévisible, quelques semaines suffisent pour que la nouvelle parade soit éventée à son tour, et je me débrouille, une fois de plus, pour occuper le centre de la scène, au Conseil, en récupérant à mon profit l'idée qui traîne d'un autre casque, radiographique, celui-là, mettant les anti-refs en mesure de franchir visuellement la « barrière du crâne » des suspects, sans leur infliger de dommages irréversibles. Orchestrées par une Priscilla Wolf enthousiaste et adoratrice, de nouvelles acclamations saluent mon petit numéro :

— Pour Rolf Schneider, qui est toujours là quand il le faut... Pour Rolf Schneider, Cohiérarque Suprême et génial directeur de l'I.N.R.F., hipipip... hourra... Hipipip...

Ma rencontre suivante, de l'autre côté de la barricade, avec « Crâne d'Acier » et les siens, ne manque pas, à cet égard, d'un certain pittoresque :

— Cette ordure de Rolf Schneider et son putain d'I.N.R.F. ! C'est de là que sortent toutes les saloperies de gadgets qui nous rendent la vie encore plus dure... Si seulement on ne l'avait pas loupé la première fois, avec les roquettes...

Je hausse philosophiquement les épaules.

— Ce pédé de Norton lui aurait probablement succédé, dans toutes ses fonctions... et de surcroît, lui, je le crois sadique, alors que...

« Crâne d'Acier » explose :

— Ma parole, tu le défends, ce mégalo ! Si

c'est parce que vous avez un peu la même gueule...

Assise auprès de moi, Samantha, la doctoresse, intervient en me tapotant la cuisse :

— Ne l'écoute pas, c'est la jalousie qui le fait parler... Moi, je te trouve beaucoup plus beau que le Hiérarque... parce que tu n'as pas cette expression méprisante, arrogante, qui le défigure... Mais ça ne t'empêche pas de te gourer quand tu dis que Norton aurait pu lui succéder dans *toutes ses fonctions !*

« Crâne d'Acier » s'en étrangle de rigolade.

— En tout cas pas dans le plumard de Priscilla Wolf ! Mais je lui fais confiance, à cette superpute nympho comme une meute de chiennes en chaleur ! Elle se serait tapé ses gardes plutôt que de rester une nuit sans se faire reluire !

Tout le monde se marre bruyamment, dans le local souterrain, et j'ai la bouche ouverte pour protester quand je réalise qu'ils ne comprendraient pas. Bifurque au dernier moment :

— Il faudra un peu de temps pour fabriquer les casques, *Steel Skull*... et surtout pour apprendre aux anti-refs à s'en servir. Vous savez tous très bien que les électrodes capillaires sont pratiquement invisibles, par radio. Sinon pour des yeux très exercés...

— Mais ils apprendront, c'est sûr... Plus ça va, plus leurs contre-mesures nous poussent dans nos derniers retranchements... Il va falloir envisager de...

— Envisager de quoi faire ?

Mais visiblement, « Crâne d'Acier » regrette

d'avoir parlé trop vite. Il se détourne, gêné. Conscient, c'est probable, que son mutisme soudain va lui donner l'air de se méfier de moi, de se méfier de nous... car je croise le regard de Samantha, puis celui de quelques-uns des autres, et je peux voir que tous partagent ma perplexité. Aucun d'entre eux n'a la moindre idées de ce que *Steel Skull,* dans sa véhémence, a failli trahir.

Trop tôt pour être partagé par trop de monde, au risque d'une découverte prématurée ? Etait-ce là le sens de son interruption ? Il va falloir envisager de... De quoi ? Précipiter l'exécution d'un programme qu'ils ne comptaient pas réaliser tout de suite ?

La conversation redevient générale et l'avis unanime est que c'est contre Rolf Schneider et sa « vieille pute » qu'il faut agir en priorité absolue. C'est eux, les époux maudits, le couple infernal qu'il faut commencer par abattre. Les affreux despotes qui ambitionnent d'établir une tyrannie médico-technologique sans précédent, sous le couvert du paternalisme. Laissez-vous bercer, les petits, faites confiance aux grands qui savent tout, papa veille !

Je goûte, à sa pleine valeur, le paradoxe de me trouver là, au milieu d'eux, pendant qu'ils se gargarisent de beaux projets pour nous mettre les tripes au soleil. A moi sous le nom de Rolf Schneider. A Priscilla Wolf sous le sien.

Comment pourrais-je leur dire que « Rolf Schneider » est actuellement le meilleur ami qu'ils puissent avoir au Conseil des Hiérarques où il s'efforce, tout en préservant sa propre image, de gagner pour eux ce qui leur manque le plus : du temps ?

Comment pourrais-je leur dire que Priscilla Wolf, actuellement, ne leur veut pas grand mal pour la bonne et simple raison qu'elle est *heureuse ?*

Comment pourrais-je leur dire que je ne veux pas, quoi qu'il arrive, que Priscilla soit la martyre expiatoire de leurs fureurs conjuguées, parce qu'au-delà des monstruosités dues à sa naissance et à son éducation, elle n'est, somme toute, pas plus monstrueuse que la moyenne de ceux qui espèrent, pour elle, une mort très lente, très douloureuse, entre les mains de bourreaux plus savants et plus sadiques que tous les techniciens qui, à l'I.N.R.F., considèrent les hommes comme des cobayes ?

***

Jour après jour, les tensions s'aggravent, la situation se délite, se dégrade comme un bloc de craie oublié sous la pluie.

Toute société humaine, surtout à l'échelle d'un pays aussi vaste et aussi peuplé que le nôtre, constitue un système extrêmement complexe à l'intérieur duquel jouent des forces qui souvent s'annulent, se neutralisent en convulsions insignifiantes, et parfois s'additionnent, s'unissent en processus cumulatifs qui finissent par créer, ici et là, des sacs de nœuds trop inextricables pour pouvoir être démêlés.

Jusqu'à ce qu'il faille *trancher,* d'une manière ou d'une autre...

Avec le pacemaker cérébral, il semble bien que la Hiérarchie soit allée trop loin. L'addition d'euphoridine aux eaux de consommation s'était passée trop bien. Juste avec une dissidence pas très nombreuse de type écologique qui avait fait son fétiche de l'eau pure. Et des chocs occasionnels entre « trafiquants d'eau » et Brigades Anti-Réfractaires. Assez pour que les infos quotidiennes ne soient pas monotones. Pas la moitié d'assez pour que l'on puisse parler d'affrontements constants entre anti-refs et gens des *undergrounds*.

Le pacemaker cérébral a changé tout ça. Chaque jour, à présent, les raids d'anti-refs raflent des foules entières, à n'importe quelle heure, en n'importe quel lieu, et parmi les personnes appréhendées, se trouvent, presque toujours, deux ou trois porteurs d'appareils truqués, plus un quidam ou deux qui ne sont jamais passés par un centre d'implantation et ne peuvent offrir, aux casques détecteurs ou radiographiques des B.A.R., qu'une tête bêtement normale, sans additifs électroniques d'aucune sorte.

Qui plus est, les rafles en question se font de plus en plus violentes. Où les citoyens se laissaient contrôler, fouiller, examiner naguère comme autant de moutons, il suffit aujourd'hui d'un rien, d'un cri, d'une bousculade, pour que la bagarre se déclenche. Il y a eu déjà pas mal de types esquintés, chez les anti-refs, et même quelques morts. Il y a déjà eu de nombreux blessés, dans la population civile... dont quelques yeux crevés par des aiguilles anesthésiantes tirées en salves, à hauteur du visage. Mais pas encore de cadavres. Les B.A.R. ont reçu des ordres stricts et pour l'instant, s'y conforment. Mais le moment est prévisible où l'un de ces valeureux défenseurs du régime, plus vachard ou plus pétochard que les autres ou les deux, la vacherie naît souvent de la pétoche, va perdre toute mesure et tirer, pour de bon, dans une foule hostile. A partir de là, ce sera l'escalade, et il deviendra définitivement impossible de préserver la bonne vieille fiction romantique consistant à présenter ces messieurs dans un rôle exclusivement protecteur. Jamais répressif. La défense de la veuve et de l'orphelin, ça ne passe plus la rampe quand on s'occupe activement d'en fabriquer à la chaîne...

— Qu'est-ce qui nous arrive, Rolf ? Jusqu'où tout ça va-t-il nous conduire ?

Elle a bu un peu plus de champagne que d'habitude, Priscilla, et visiblement, broie du noir. L'espace d'un instant, malgré toute sa discipline, elle fait presque son âge. Avant de se retrancher, au prix d'un effort brusque, derrière le masque habituel d'une beauté hiératique et glacée.

Assis en face d'elle, je secoue doucement la tête.

— Franchement, je n'en sais rien... Jusque-là, ils avaient bien voulu croire que tout ce qui se passait autour d'eux et au-dessus d'eux ne visait que leur bien-être... et que les *undergrounds* n'étaient que des nids de rats puants... irresponsables... C'est depuis le pacemaker cérébral que les choses se sont gâtées... Plus précisément depuis que des spécialistes de la subversion ont lancé les slogans sur la « barrière du crâne »... Cette fameuse barrière qu'il ne fallait pas franchir !

Elle glousse comiquement, dans les bulles de son champagne.

— Comme si les drogues ne l'avaient pas franchie, depuis longtemps, leur barrière !

J'approuve d'un signe. Renchérit :

— Même sans parler des drogues... La publicité, la politique, la propagande, les endoctrinements de toutes sortes qui maintiennent en équilibre nos sociétés civilisées... La différence, c'est que tout ça se passait sans effraction *physique*... sans introduction matérielle de corps étrangers dans la boîte crânienne !

— Alors, tu peux me dire pourquoi ils l'ont si bien accueilli, tout d'abord ?

— Tu le sais aussi bien que moi ! Parce qu'une habile propagande les avait persuadés que le pacemaker cérébral antistress les protégerait du cancer et de la crise cardiaque et d'une foule d'autres choses... Une minorité n'a pas mordu à l'hameçon... et c'est cette minorité qui est en train, maintenant, de renverser peu à peu l'opinion publique !

— En attendant de renverser le gouvernement ?

Elle s'esclaffe.

— Et quand je dis renverser... c'est au sens propre ! Jeter à bas... Piétiner... Massacrer... Les aristocrates à la lanterne et tout le répertoire !

— On dirait que ça n'a pas l'air de te traumatiser outre mesure !

— Là, tu me connais mal !

Elle jette, nerveusement, son verre vide à l'autre bout de la pièce. Ebauche un geste circulaire.

— J'ai toujours connu cette vie... Je préférerais crever tout de suite que vivre autrement... loin de la richesse et de la puissance qui m'ont toujours appartenues... Qui plus est, j'ai avec toi une autre raison... une raison essentielle de vouloir bien vivre les années qui me restent !

La crise est passée. Le moment de déprime. Elle est, de nouveau, la Hiérarque Suprême. Impérieuse. Impériale.

— Qu'est-ce qu'on peut faire, Rolf ? Qu'est-ce qu'on peut faire pour empêcher l'explosion qui se prépare ?

Je hausse les épaules.

— Promulguer une loi donnant à chacun la liberté de conserver ou de faire extraire son pacemaker ?

Elle réfléchit une minute avant de conclure :

— Non... Ce serait un aveu... un double aveu de faiblesse et d'incompétence... Ça ne ferait probablement que précipiter les choses...

Pas sûr. Mais probable, en effet. D'ailleurs, jamais le projet ne passerait au Conseil des Hiérarques. Elle enchaîne :

— Rien d'autre ?

— Si, peut-être...

Plus fort que moi, cette confiance que je lis dans ses yeux me fait mal. Foncièrement, pour moi, elle représente l'Ennemie, et c'est bien ma malédiction de ne pouvoir jamais la considérer comme telle !

J'articule enfin, choisissant mes mots :

— Décider et mettre en chantier l'appareillage des Brigades Anti-Réfractaires.

— Comment ça, l'appareillage ?

— C'est bien ainsi qu'on appelle la pose d'un pacemaker ? Cérébral ou cardiaque ? Ou de toute autre prothèse interne...

— Tu ne veux pas dire...

— Je veux dire, en termes clairs : équiper les B.A.R. du pacemaker cérébral... Présenter le fait qu'ils aient dû l'attendre aussi longtemps comme un sacrifice de leur part... à la demande d'un gouvernement qui voulait que tous les citoyens soient servis en priorité avant de faire bénéficier ses propres serviteurs des derniers bienfaits de la recherche médicale... Souligner habilement l'aspect : nos anti-refs sont des hommes d'élite, forts et disciplinés... Le port du pacemaker leur donnera un atout de plus pour conserver leur sang-froid, face à toutes les provocations, lors de ces heurts regrettables avec des populations temporairement égarées... multipliant ainsi les chances d'éviter les effusions de sang que risque de déclencher, tôt ou tard, le premier réflexe inconsidéré...

Elle m'a laissé parler, sans m'interrompre, avec une incrédulité croissante.

— Dick... Rolf ! Tout ça serait bel et bon... si le pacemaker cérébral n'avait une destination ultérieure qui rend ta petite histoire...

Je ricane :

— Impraticable ? Parce que le jour où l'on

voudra se servir des appareils implantés pour télécommander les foules à notre guise, les anti-refs subiront la même influence ? Et ne seront plus en mesure d'assumer leurs fonctions ?

— Voilà ! C'est exactement ce que je voulais dire....

— Prissy !

Dans un grondement de triomphe :

— C'est exactement ce que penseront les foules ! Qui oublieront, du même coup, cette épée de Damoclès du « téléguidage » brandie par la subversion... *puisque dans un cas semblable, les anti-refs seraient télécommandés au même titre que les autres !*

Je me penche en avant, martelant les syllabes :

— Mais les pacemakers cérébraux des anti-refs seront réglés sur d'autres longueurs d'onde, Priscilla... programmés pour fonctionner indépendamment et recevoir des instructions différentes !

Elle accuse le choc.

— Oui, oui, oui...

Puis remet le doigt sur la plaie :

— Une hypothèse que la subversion ne manquera pas de monter en épingle !

— Mais à laquelle tu n'as pas, toi-même, pensé tout de suite ! Pas en premier lieu, je veux dire ! Même en ce monde bourré d'électronique, la plupart des gens restent très éloignés, très ignorants des questions techniques, Priscilla. L'hypothèse circulera, c'est vrai, mais ne sera pas universellement reçue, encore moins admise... Et je pense qu'on pourrait obtenir, de cette manière, une rémission... à défaut de la guérison définitive du mal qui nous menace !

Après une courte pause :

— C'est ce qu'il importe de gagner, actuellement, non ? Du temps... en attendant que les choses s'arrangent d'elles-mêmes !

Comme je l'ai si souvent ressenti, au cours de mon existence, j'ai l'impression que ce que j'essaie de promouvoir est énorme. Trop énorme pour pouvoir convaincre qui que ce soit. Mais Priscilla est convaincue. Priscilla est convaincante, lorsqu'elle veut s'en donner la peine. Ce qu'elle fait, en mon nom, à la session suivante du Conseil des Hiérarques.

Le décret ordonnant l'appareillage des Brigades Anti-Réfractaires est adopté à l'unanimité moins une abstention : la mienne. Promoteur du projet, je ne pouvais guère voter pour ou contre ! Mais le nom, l'influence résiduelle du vieux tyran récemment disparu pèsent toujours leur poids, et Priscilla s'appelle Wolf. La loi passe au premier tour et les anti-refs n'ont qu'à s'y soumettre. Les anti-refs, par définition, n'ont pas la parole. Ils sont là pour faire respecter les lois votées par le Conseil des Hiérarques. Non pour les contester.

C'est à l'I.N.R.F. que sont mis en fabrication les pacemakers cérébraux destinés aux B.A.R. Rien de ce qui touche à cette fabrication ne m'est donc étranger, et je m'emploie — mon double nocturne s'emploie — à persuader « Crâne d'Acier » de faire passer discrètement, aux gens des *undergrounds,* les renseignements nécessaires pour que se construisent, dans tout le pays, des émetteurs portatifs capables de diffuser, sur les fréquences adéquates, les signaux inhibiteurs qui paralyseront, au Jour J, l'action des Brigades Anti-Réfractaires.

Aucune difficulté majeure dans la réalisation de cette entreprise. Du matériel électronique légèrement frappé d'obsolescence par les progrès constants de la technique, il en traîne un peu partout, dédaigneusement mis au rencart, mais parfaitement récupérable, au moins à l'état de pièces détachées. Et les « bricoleurs » habiles ne manquent pas non plus. Tout ça paraît presque trop facile...

Tout, pourtant, marche sans anicroches, au cours de cette période riche, pour moi, en tensions renouvelées et en émotions contradictoires. Les anti-refs reçoivent leurs petits pacemakers flambant neufs, et les émetteurs transportables d'occasion se montent clandestinement, dans tout le pays, et contre ma propre attente, aucun espion du régime ne paraît déceler quoi que ce soit d'inquiétant nulle part ou alors, l'information ne monte pas jusqu'à Priscilla, jusqu'à moi, ce qui, dans les conditions actuelles, dépasse quelque peu les limites du vraisemblable...

Alors, pourquoi cette angoisse sous-jacente et qui ne cesse de croître, en moi, telle une tumeur maligne ?

L'approche d'un choc frontal qui malgré tous les palliatifs provisoires, devient chaque jour un peu plus inévitable ?

Ou cet embryon d'aveu échappé, un soir, à « Crâne d'Acier » :

— Il va falloir envisager de...

Confirmé, depuis lors, par d'autres répliques tronquées, d'autres regards faussement détachés, d'autres preuves qu'ils me cachent quelque chose...

Parce que si j'étais démasqué, je trahirais fatalement la confidence ?

Ou parce qu'ils savent que je n'approuverais pas leur projet, et tenterais de m'y opposer de toutes les manières ?

CHAPITRE X

L'ambiance de New Georgetown ne semble pas avoir changé, dans l'intervalle. Sinon peut-être par le nombre de petits cons et de petites connes qui paraissent y fourmiller, cette nuit, trois ou quatre fois plus que lors de ma première visite. Une fête particulière ou quoi ?

A peine si j'accorde un regard, au passage, à ces bagarres truquées que cherchent, dans les ruelles, tous ces fils et filles de gros bonnets du régime en quête de sensations fortes et d'encanaillement bidon. Au programme des scénarios agréés pour ces grandes aventures de la sainte farce, figure, en bonne place, la simulation d'un viol collectif, avec intervention opportune du ou des chevaliers servants de la ou des demoiselles concernées, et fuite spectaculaire, clopin-clopant, des agresseurs mis à mal. L'état de délabrement vestimentaire dans lequel se retrouvent les protagonistes et plus particulièrement les héroïnes de ces empoignades porte témoignage, après coup, du réalisme de l'épisode.

A l'entrée du « Bootlegger », le videur aussi large que haut me reconnaît tout de suite, mais ne fait aucun effort pour m'empêcher de pénétrer dans la place. Se contente de graillonner, entre ses lèvres minces :

— Tiens... un revenant !

— Ton patron est dans son bureau ?

— Ouais, mais je sais pas si...

— Moi, je sais ! Ne risque pas d'emmerdes pour abandon de poste ! Je connais le chemin...

Je constate, par-dessus mon épaule, qu'il me suit des yeux, l'air plutôt constipé, en parlant dans son interphone mural.

A qui, sinon à Barney, son boss ?

Beaucoup de monde, également, dans la vaste salle enfumée, sur la piste centrale où le coudoiement rythmique des petits cons et des petites connes ressemble moins à un divertissement volontaire qu'à l'un de ces anciens modes de transport public du xxe siècle, en pleine heure de pointe ! Au sein d'une atmosphère d'excitation contenue que le nombre seul n'explique pas. Ça se sent, ces trucs-là, quand on a pas mal bourlingué au cours de son existence, et je crois avoir le nez pour cette sorte de chose.

Ou mon pifomètre s'est considérablement déglingué, dans les derniers temps, *ou quelque chose se prépare.* Au « Bootlegger » comme probablement, à la réflexion, sur tout le territoire de New Georgetown. Quelque chose qui tient le jeune public en haleine et que tout le monde attend comme l'arrivée du messie !

Barney, le tenancier de la boîte, n'est visiblement pas ravi de me voir, lui non plus. Ça se lit, à livre ouvert, sur son beau visage expressif !

Plus je progresse dans la hiérarchie, plus j'ai l'impression que je dérange. Il veut savoir :

— Qu'est-ce que tu fous là ? Qu'est-ce qu'il y a encore ?

Et je lui rafraîchis la mémoire :

— Tu te souviens, Barney ? Je suis celui qu'on appelle « Fiston », le copain de Papy... Je ne peux pas sortir de Washington, actuellement, mais j'ai besoin de contacter Papy... d'urgence ! Et je ne connais pas d'autre endroit sûr d'où je puisse le joindre par vidéophone avec la certitude de...

Son brusque hochement de tête, de droite à gauche et de gauche à droite, me coupe la chique.

— Non ? Comment ça, non ? La ligne n'est plus propre ?

— Voilà ! T'as deviné ! Tu peux appeler Papy, à la rigueur, mais à moins que vous ne soyez convenus d'un langage codé, tu ne pourras, ni lui dire, ni lui demander quoi que ce soit d'important... à moins que tu ne tiennes à le flanquer... et à nous flanquer tous dans la merde !

Clair et sans équivoque. L'impossibilité manifeste. Non, malheureusement, je n'ai arrêté aucune convention de cette sorte, avec Papy, et je ne vois aucun moyen de lui demander discrètement, sur une ligne qui a cessé d'être « propre », ce qui se mijote actuellement dans l'*underground*. Même si je parvenais à faire passer le sens de ma question, il ne pourrait pas y répondre.

La pensée me traverse l'esprit qu'il ne s'agit

là, peut-être, que d'une manœuvre de Barney pour m'empêcher de vidéophoner à Papy, mais pourquoi le ferait-il ? En admettant que Papy lui-même ait une raison de ne pas vouloir me parler actuellement, comment aurait-il pu prévoir que j'essaierais de le joindre, une nouvelle fois, par ce canal, et donner des ordres en conséquence ?

Je soupire en m'asseyant face à Barney, de l'autre côté du grand bureau jonché de paperasses et de menus gadgets.

— Ça t'ennuierait beaucoup de me dire toi-même ce qui se prépare à New Georgetown, cette nuit ?

Il a un léger sursaut et m'observe attentivement, les paupières plissées.

— Qu'est-ce qui te fait croire que quelque chose se prépare à New Georgetown, cette nuit ?

Je soupire :

— Mauvaise réaction ! La bonne aurait été de hausser les sourcils en pouffant : « Qu'est-ce que tu veux qui se prépare ? » Comme si tu avais affaire à un débile mental !

— Tu ne crois pas que tu joues un peu sur les mots, non ?

Mais il est nerveux comme une pucelle naufragée sur une île avec une demi-douzaine de matelots en pleine santé.

— Pour revenir à ta question, Barney, je trouve qu'il règne cette nuit, dans New Georgetown, une drôle d'atmosphère d'attente. Et qu'il y a trois ou quatre fois plus de monde, aussi, dans ta boîte et dans les rues, que lors de ma première visite. Alors, je te le demande gentiment : « Qu'est-ce qu'ils attendent ? C'est ton anniversaire ou quoi ? »

Il a la tête du monsieur à qui l'on vient de tendre une perche et qui s'y accroche des deux mains.

— Oh, ça ? Ils sont particulièrement nombreux, cette nuit… tout le supergratin de la génération montante… parce que c'est une de nos nuits spéciales, annoncées d'avance… une nuit de gala, en quelque sorte… où le programme habituel se corse de surprises…

— Quel genre, les surprises ?

— Tous les genres !

Dans un haussement d'épaules :

— Tout ce qui peut faire bander ces connards… et vibrer ces connasses dans leurs petites culottes ! Tu veux que je te fasse un dessin ?

Il n'attend pas ma réponse pour élaborer sur le thème et dans cet ordre d'idées, effectivement, c'est un expert : cuir et caoutchouc, sadomasochisme et tableaux vivants avec toute latitude, pour les spectateurs, de participer aux réjouissances… Il s'étend si longuement sur ses descriptions que je finis par me foutre en rogne :

— Dis donc, Barney… tu ne serais pas en train de noyer le poisson ?

— Quoi ? Quel poisson ?

— Celui que tu n'as pas envie que je pêche ! Que personne, apparemment, n'a envie que je pêche… trop tôt ! Ni du côté de « Crâne d'Acier », ni du tien, ni peut-être même du côté de Papy, va savoir… Je flaire… je renifle la connerie monumentale… mais comme personne ne m'en parle, je ne vois pas comment je pourrais vous en empêcher !

Le soulagement qui emplit son regard, lorsque je me dirige vers la porte de son bureau, m'inspire une violente envie de revenir en arrière pour lui tanner le cuir afin de l'obliger à cracher cette vérité qui m'échappe, mais je pense que Barney se ferait tirer l'oreille et je n'ai pas l'âme d'un tortionnaire. Qui plus est, nous serions sans doute rapidement interrompus.

Je me retrouve, assez désorienté, dans les rues de New Georgetown, et faute d'une meilleure idée, j'entreprends une balade en zigzag dans ce quartier qui d'après les historiographes de la ville fut jadis très chic et très snob, et que le temps qui ne respecte rien a fini par convertir en « quartier réservé » à l'usage d'une jeunesse aussi dorée que débauchée.

Un nouveau changement est intervenu, dans l'ambiance de la nuit, durant la petite heure que j'ai passée avec Barney, dans le bureau du « Bootlegger ».

Pour commencer, il y a nettement moins de monde dehors, mais ça n'a rien de tellement anormal. C'est l'heure où la plupart des petites bandes ont choisi leur repaire de la soirée et s'y tiennent, au moins quelque temps. Toutefois, dans une des rues « rouges » où de belles filles aux trois quarts nues, derrière leurs vitrines, perpétuent une tradition bi ou triséculaire importée d'Europe, j'assiste à une scène légèrement insolite.

Trois adolescents font du lèche-vitrines, se

mettent d'accord, par gestes, avec leurs élues, disparaissent, à la queue leu leu, dans l'entrée de l'immeuble tandis que les trois filles tirent sur leurs aquariums des rideaux hermétiques.

Je vais continuer mon chemin quand les trois fonctionnaires en porte-jarretelles rouvrent leurs rideaux et reprennent, paisiblement, leurs places respectives. Dans l'attente d'autres amateurs.

Oh ?

Même si c'est leur baptême du feu, à ces jeunôts, ils n'ont pas pu faire si vite. Alors ? Trois autres nénettes qui ont pris le relais, à l'intérieur du bordel ? Ce n'est généralement pas comme ça que ça se passe... ou bien à quoi servirait de choisir sur pièces, à travers les vitrines ?

Inconsciemment, je me mets à raser les murs avec la volonté de me fondre dans le décor. De n'être plus, au cœur de cette nuit de Georgetown, qu'un spectateur attentif et privilégié, prêt à enregistrer et interpréter tout ce qui se passe...

Dix minutes ne se sont pas écoulées qu'il m'est donné d'assister, depuis les ombres denses d'un renfoncement, à une autre scène encore plus insolite.

Une bagarre... Une de ces bagarres simulées où les cascadeurs de service esquivent au maxi, mais n'en reçoivent pas moins plein la gueule tant ces petits messieurs veulent du sang. Courent après la satisfaction de sentir un nez s'écraser sous leur poing mignon. Une côte craquer sous le martèlement de leur escarpin taillé sur mesure par le bottier de papa. Du sang, du sang... pourvu que ce soit celui de quelqu'un d'autre. Pendant que les sœurs, cousines, amies et petites amies applaudissent aux exploits de leurs héros. Trépignent d'excitation et crient « Encore ! Encore ! » lorsque les héros sont fatigués. Bref, se paient des sensations qui, pour être artificielles, n'en sont pas moins intenses...

La différence, dans cette bagarre-là, c'est qu'au terme d'une première phase où les preux chevaliers peuvent garder l'illusion que tout se passe comme d'habitude, les mercenaires locaux cessent d'en prendre pour en donner ! Ecartent, sans grand mal, des coups portés avec plus de souci du spectaculaire que de l'efficace et sonnent leurs adversaires, sec et net, d'un *shouto* à la carotide ou d'un uppercut au menton qui les empilent, vite fait, sur les pavés inégaux de la ruelle. Cinq, non, six héros très, très fatigués, à ce stade. Que trois des indigènes de Georgetown empoignent par les pieds et tirent, sans égards pour leurs crânes qui ballottent, dans les ténèbres d'un porche.

Tandis que les trois autres agrippent chacun deux des filles et les entraînent dans la même direction. Pourquoi se laissent-elles emmener comme ça, ces bourriques ? Elles s'imaginent que le jeu continue ? Que leurs petits copains vont se relever, comme à la tridi, après un tournage ? L'une d'elles tente enfin de s'échapper. Un des gars la rattrape au vol, lui retourne ses vêtements sur les épaules, d'une traction brutale qui lui met la poitrine à l'air et lui coince les deux bras dans un fouillis de lingerie déchirée. *Et là, ça fait toujours partie du jeu, cocotte ?*

Deux des autres filles, affolées, semblent enfin comprendre que quelque chose ne tourne pas rond, dans le synopsis. Se dégagent et s'enfuient, courant maladroitement sur les mauvais pavés, dans leurs absurdes chaussures du soir. Pas dans le topo, ça, non ? Est-ce qu'elles ne vont pas s'empresser de donner l'alerte ?

J'avais tort de douter. Jaillies des ombres, deux autres silhouettes, un garçon, une fille, les rejoignent en quelques bonds, rapides et félins sur leurs semelles souples. Même la fille possède une science suffisante des prises qui font mal pour maîtriser sa victime d'une clé au bras. Qu'est-ce qu'ils ont fait, ces deux-là, jusqu'à cette minute précise ? Sinon veiller, de part et d'autre de l'empoignade, à ce qu'elle ait lieu sans témoins ? En deux temps, trois mouvements, tout ce petit monde agité, houleux, dompteurs et domptés, a disparu dans les profondeurs du pâté de maisons. Il y a bien eu quelques cris, vite étouffés, mais les cris, à Georgetown, font tellement partie du folklore...

Total ?

Douze et trois quinze... Six filles, six fils à papa escamotés sous mes yeux, par un retournement du processus de violence bidon pratiqué, de coutume, dans la vieille ville bidon de Georgetown... Plus trois garçons escamotés auparavant. En douceur. Par le truchement de ces filles nues offertes à leur convoitise. Trois garçons qui n'ont pas trouvé, à l'intérieur, ce qu'ils avaient vu en vitrine !

Quinze et combien d'autres, dans tout le reste du quartier « chaud », du secteur réservé de

Washington ? Par des procédés différents... Quoi de plus facile, par exemple, que d'en bloquer des douzaines dans la salle du « Bootlegger » ? Quelques mitrailleurs, l'arme au poing, les musiciens, tiens, qui juchés sur leur podium, changeraient tout à coup d'instruments et du haut de leur perchoir, braqueraient tranquillement la foule ? Avec le videur et quelques autres pour garder les sorties...

Je ne peux pas m'empêcher de passer, sur mon front, une main tremblante. Ces deux échantillons auxquels je viens d'assister me racontent tout le scénario : voilà... voilà ce qu'ils « envisageaient de faire », et qu'ils ont fini par réaliser, cette nuit. Attirer, par l'annonce de « surprises » multiples et de nouvelles sensations fortes, et puis capturer, coincer à l'intérieur de Georgetown un maximum de fils et de filles de grandes familles... Des douzaines, des centaines d'otages pour faire chanter et cracher les pontes du gouvernement !

Le système des prises d'otages est vieux comme le monde. Le XXe siècle l'a vu fleurir, éparpillé en essais sporadiques par la multiplicité des causes et voué, deux fois sur trois, à des échecs plus ou moins sanglants.

Mais c'est la première fois, à ma connaissance, qu'une quelconque organisation subversive parvient à réunir et parquer, dans un seul endroit, les précieux rejetons de la totalité ou de la quasi-totalité des gens au pouvoir !

Deux choses ne m'apparaissent pas encore bien clairement :

Comment vont-ils s'y prendre pour garder

sous clef, le temps qu'il faudra, tous ces garçons et toutes ces filles ?

Qu'est-ce qu'ils espèrent obtenir contre leur restitution globale ?

Ou progressive ?

Problèmes sans solutions, pour le moment.

Auxquel s'en ajoute un autre :

Qu'est-ce que je vais faire, dans ma position hybride, pour me sortir de ce merdier, maintenant qu'ils nous ont allumé, sous les fesses, la mèche à combustion lente qui va provoquer, tôt ou tard, l'explosion de la poudrière ?

⁂

Bonne question.

Bonne à quel point, je le réalise en quittant ma poche d'ombre et rasant les murs vers une des extrémités de la ruelle.

J'ai fait à peine quelques pas hors de ma cachette qu'un type surgit devant moi, et qu'une voix s'esclaffe, derrière mon dos :

— Je te l'avais pas dit qu'il y avait un fouinard dans ce putain de renfoncement ?

— Oui, tu as l'œil et le bon, vieux frère !

Tous deux me toisent, le regard en coin, alors que je m'adosse à une porte cochère :

— Mon Dieu, mon Dieu, mais qu'est-ce qu'on vient de se pêcher là ?

— Dis donc, vieux frère, on croirait pas un larbin de grande maison ?

— Qu'est-ce que tu peux bien foutre par ici, loufiat ?

— Chargé de veiller sur le pucelage d'une de ces petites putes ?

— T'as pas encore pigé que ça se perd très jeune, le pucelage, chez les grossiums ?

Inutile de leur signaler la présence, à mon revers, de cet écusson qui prétend que je suis ici en mission, pour le compte de quelque légume. Nous n'en sommes plus là, et ce n'est pas ça qui me tirera du pétrin, au contraire. Je leur renvoie d'un ton aussi assuré, aussi sarcastique que celui qu'ils emploient :

— Bravo, les mecs ! Joli duo ! Spontané ou vous répétez vos dialogues ?

Ils échangent un coup d'œil rapide.

— Dis donc, connard...

— Ah, là, ça se gâte ! Aucun sens de l'humour ! Pas comme Barney. Barney, du « Bootlegger ».

Nouvel échange de regards.

— Ouais, ouais, on connaît Barney !

Je hausse les épaules.

— Alors, allons le voir. Il vous répondra de moi. Avec la bénédiction de Papy, si ça ne suffit pas. Et de « Crâne d'Acier », pour faire bon poids ! Ça vous va comme références ?

A leur tour de hausser les épaules.

— Ça ira si Barney confirme !

— Autrement, tu réalises que ça fait de toi un mec qui en sait trop ? Beaucoup trop !

— Allez, on file chez Barney...

— O.K., je vous suis.

Plus exactement, je les accompagne. Solidement encadré, de droite et de gauche, par deux costauds dont la démarche souple, les mouvements mesurés, trahissent une parfaite coordination musculaire. Plus pour dire quelque chose que par curiosité réelle, je m'informe :

— Cascadeurs ?

Celui de gauche gronde dans sa barbe :

— Ouais... On fait partie de ces guignols qui gagnent leur croûte en servant de punching ball à des petits crevés qu'ils casseraient en deux d'une pichenette !

Et son collègue :

— Qu'on en ait ras-le-bol, tu peux comprendre ça ?

Je n'ajoute rien. Je peux comprendre. Je comprends. Mais on arrive chez Barney. Dans une rue inhabituellement déserte. « Vieux frère » tape au judas qui s'ouvre sur la gueule froide du videur maison. Il nous laisse entrer. Remarque en me voyant :

— C'est encore toi ?

Sur quoi mes deux serre-livres se relaxent légèrement. Quelqu'un me connaît, me reconnaît dans la boîte : c'est déjà ça !

Sur le chemin du bureau de Barney, je constate, avec une légère stupéfaction, que j'avais vu juste quant au troc, par les musiciens, de leurs instruments à vent ou à cordes contre des instruments à balles ou à aiguilles anesthésiantes. Du haut de leur estrade, ils dominent et couvrent, en éventail, la totalité de la salle qu'un bon coup d'aération a désenfumée. Plus quelques types postés sur la périphérie et personne ne moufte, dans la baraque. Je n'aurais pas mieux fait si j'avais tout organisé moi-même !

J'aperçois, au passage, une môme de treize-quatorze ans qui pleure silencieusement dans le giron d'une fille plus âgée dont la main lui caresse doucement les cheveux. Sa sœur ? La première sortie de la petite ? J'éprouve une grande pitié pour cette gosse, une grande tendresse à l'égard de l'aînée capable d'oublier son problème personnel au point de chouchouter la petite. Elles, au moins, ne devraient pas être là. Plus tard, la petite deviendra, la grande est peut-être déjà une horrible peste. Pour l'instant, ce ne sont que des gosses apeurées, et qui pleurent...

La réaction de Barney, à mon entrée, double celle de son gorille :

— Encore toi ?

Les autres soulignent :

— Tu le connais ?

— Sûr !

— Il dit que tu réponds de lui. Et Papy idem.

Quelques secondes de réflexion précèdent un nouveau :

— Sûr !

Que suit, à une courte tête :

— Ça va. Pouvez nous laisser. On va peut-être avoir besoin de lui...

Je consulte ma montre, discrètement. Telles que les choses sont engagées, je risque fort, cette nuit, de ne pas rentrer au bercail avant le réveil de Priscilla.

Barney attend le départ des cascadeurs pour bâiller sans mettre la main devant sa bouche :

— T'as pigé ou faut que je t'explique ?

Je lui résume la situation, en trois phrases. Il approuve :

— On fera quelque chose de toi ! Tu veux faire quelque chose pour nous ?

— Dis toujours !

A la fin du briefing, je déclare :

— Toute peine mérite salaire ! Pour celle que je vais prendre, et compte tenu du risque que ça me retombe sur les doigts, tu me permets de rapatrier la petite môme de douze-treize ans qui pleure tout ce qu'elle sait, dans la salle ?

Il n'hésite pas plus d'une seconde.

— Avec le coup de filet qu'on a réussi, cette nuit, on peut se permettre d'être généreux. Emmène-la ! Une de plus ou de moins... D'ailleurs, c'est horriblement chiant, les mômes, à c't'âge-là !

Dans le taxi qui nous éloigne de Georgetown, je caresse les cheveux de la petite, doucement, comme le faisait la grande, et elle s'endort presque tout de suite.

Une faible B.A. pour la nouvelle que j'apporte à l'ensemble des parents, mais je m'en serais voulu de ne pas avoir essayé.

Et je m'efforce de voir dans l'acceptation de Barney le signe d'une « humanité » de bon augure.

CHAPITRE XI

La clameur qui suit l'exposé des faits s'apaise graduellement et le silence retombe lorsque Priscilla, très belle dans sa longue robe d'apparat, dure et froide comme un diamant sous la tiare de diamants qui la coiffe, réclame enfin la parole.

Ils en ont pris un bon coup, les Hiérarques, dans leurs affections comme dans leur orgueil, et ce silence chargé d'électricité bourdonne de mille autres clameurs latentes.

Mais tel est le poids représenté, le respect toujours imposé par le nom de la famille Wolf que c'est, malgré tout, un silence. Dangereux, explosif, et pourtant voisin de l'absolu quand Priscilla Wolf amorce le discours dont sa vie peut dépendre. Ainsi que la mienne : celle de Rolf Schneider. Et deux ou trois autres. Car on sait déjà que les droits de veto ne joueront pas aujourd'hui. La décision sera celle que votera la majorité du Conseil.

— Nous nous trouvons, Messieurs et Mesdames les Hiérarques, dans une situation sans précédent... Ce n'est certes pas la première fois qu'un gouvernement doit faire face à une prise d'otages... même aussi massive que celle-ci... C'est la première fois, cependant, qu'une telle prise d'otages est *sélective,* c'est-à-dire qu'elle concerne directement la plupart des membres d'un gouvernement réuni en séance pleinière pour étudier le problème...

Un vieil homme se lève, dans le fond de la salle, qui déclare avec une émotion, une passion mal contenues :

— Comment pourrions-nous « étudier le problème » puisqu'il ne comporte, en fait, qu'une seule solution possible ?

— Mon honorable contradicteur semble avoir oublié qu'il doit demander la parole au président de séance, et décliner clairement son identité, avant d'interrompre l'orateur !

Gonflée, Priscilla, de rappeler, dans ces circonstances exceptionnelles, les procédures habituelles ! Mais sa voix qui claque et cingle comme la mèche d'un fouet tue dans l'œuf la rumeur naissante, avant de relancer d'un ton plus paisible :

— Voilà précisément l'exemple des réactions viscérales que nous devons éviter à tout prix, si nous voulons rester dignes de nos fonctions ! Je conçois... je partage l'état d'âme de mon honorable contradicteur, dont les petits-enfants sont impliqués dans cette malheureuse histoire... mais je lui rappelle qu'à de rares exceptions près, tous ses collègues du gouvernement sont touchés aujourd'hui dans leur chair, au même titre que lui, parce que ces terroristes, ces réfractaires auxquels nous sommes confrontés n'ont pas pris pour otages n'importe quels garçons et filles, mais leurs enfants ou petits-enfants, leurs neveux, leurs nièces, leurs jeunes sœurs ou leurs jeunes frères... Allons-nous fournir au pays la preuve flagrante de notre égocentrisme en nous montrant incapables d'étudier lucidement ce problème comme s'il s'agissait d'un échantillonnage quelconque et sans implications affectives de cette population que nous sommes censés préserver et représenter ?

Une fois de plus, je ne peux m'empêcher de lui tirer mon chapeau, à Priscilla. Tenir ce langage à des gens dont les enfants sont entre les mains des réfractaires et parvenir à lui faire passer la rampe, c'est vraiment du grand art. La classe à l'état pur. Et sa voix grave, un peu rauque, prend des résonances prophétiques pour affirmer :

— C'est cela... c'est ce genre d'attitude passionnelle... que nos adversaires veulent mettre en évidence... rendre lumineusement claire aux yeux de tous ! Voyez comment réagissent ces messieurs et dames du gouvernement ! Souvenez-vous comme ils étaient braves lorsque ces prises d'otages ne les touchaient pas dans leur chair ! Comme ils proclamaient, avec stoïcisme, qu'il n'était pas, qu'il ne serait jamais question de céder à un tel chantage... parce qu'à ce moment-là, c'étaient vos vies ou celles de ceux qui vous étaient chers, non les leurs ou celles de leurs enfants qui étaient en cause !

Elle marque un temps inutilement prolongé que je ressens comme une provocation, un défi à ces rumeurs, ces clameurs toujours latentes. Enfin :

— Voilà ce que diront nos adversaires... C'est là, sans le moindre doute possible, l'objectif de leur manœuvre... Cédons... cédons sans conditions à l'ultimatum qui nous est posé, et nous aurons, Messieurs et Mesdames les Hiérarques, définitivement perdu, avec la face, toute crédibilité, toute valeur d'exemple en tant que dernière instance personnifiant l'autorité, matérialisant la TETE agissante et pensante de ce pays !

Le silence persiste longtemps après que les échos suscités par la dernière syllabe aient cessé de retentir dans l'hémicycle.

Puis le vieil homme qui a déjà parlé, tout à l'heure, lève la main pour demander la parole. Je sens peser sur moi le regard de Priscilla. Me retourne vers elle et lis, dans ses yeux, l'angoisse qui l'habite alors que le vieil homme articule, d'une voix qui chevrote, son nom, sa fonction et sa qualité de doyen du Conseil des Hiérarques.

— Titre peu enviable, mes amis, puisqu'il n'exprime rien de plus que mon grand âge et dépouille de toute valeur, je suppose, l'offre que je vais vous faire d'être l'un de ceux qui souhaiteraient se rendre, volontairement, à nos adversaires, en échange d'un ou plusieurs de leurs otages... en l'occurrence, mon petit-fils et ma petite-fille qui sont actuellement entre leurs mains... Je n'ignore pas...

La voix lui manque et il doit se racler la gorge, longuement, avant de pouvoir continuer :

— Je n'ignore pas que les terroristes visent

plus haut... beaucoup plus haut... Ils ont su, par notre faiblesse à tous qui a toléré, si longtemps, l'existence de ce « quartier rouge », de ce Luna Park du vice et de toutes les licences... ils ont su, avec quelle habileté, avec quelle patience diabolique, cultiver, tandis que nous fermions les yeux, les penchants les plus bas de notre progéniture... jusqu'à pouvoir réaliser, enfin, cette opération qui... que nous aurions dû... que nous aurions pu prévoir et prévenir si nous n'étions, nous-mêmes, tellement occupés à...

J'observe, du coin de l'œil, le sourire ouvertement dédaigneux, sauvagement satisfait de Priscilla Wolf alors que le doyen s'embrouille et s'embourbe dans ses phrases interminables et que croît la fébrilité ambiante et que la clameur longtemps différée explose en fin de compte, avec une virulence décuplée par les efforts qu'ils ont fait pour la contenir. Peut-être parce qu'elle pense qu'un Conseil divisé, déchiré par des conflits internes sera plus facile à reprendre en main, Priscilla se réjouit, visiblement, de ce désordre indigne d'une telle assemblée, mais cette fois, je crois que Priscilla se trompe. On ne domine pas plus facilement une meute sous prétexte que les chiens qui la composent sont très occupés à se battre entre eux. A échanger frénétiquement coups de crocs et coups de gueule ! La meute tout entière a vite fait, dans un cas semblable, de se retourner contre qui tente de lui imposer sa volonté propre !

J'attrape, au hasard d'un tumulte indescriptible de répliques qui se chevauchent et se confondent :

— Assis, vieille baderne !
— Faites taire ce gâteux qui nous emmerde !
— Assez de blablabla ! Abordons le vrai problème !
— Voyons les choses comme elles sont !
— Que chacun prenne ses responsabilités !
— A commencer par ceux qui prétendent donner des leçons aux autres !
— Et surtout celle !
— Parce qu'ils ne sont pas concernés, quoi qu'ils en disent !
— Nous ! Nous ! Comment peut-elle dire « nous » alors qu'elle n'a pas d'enfants ?
— Tout ça, c'est de l'abstraction, pour elle !
— Du chinois !
— Elle a beau jeu de raisonner avec la vie des enfants des autres !
— Regardez-la sourire, cette salope !

Hurlée par une voix féminine, suivie d'autres commentaires féminins sur ce qu'on ne peut pas ressentir quand « on ne les a pas portés dans son ventre », la réplique me frappe au cœur. Si vite, en si peu de temps, du respect de la famille Wolf aux premières injures... Anonymes puisque noyées dans le vacarme, certes ! Mais présentes, néanmoins. Et l'expression méprisante de Priscilla, face à cette fosse aux serpents, n'améliore certainement pas les choses...

Un des conseillers tente de ramener le calme. Malheureusement pour lui, c'est l'un des rares qui n'a pas un fils ou une fille actuellement aux mains des terroristes. L'assistance déchaînée le lui reproche. Le prend à partie. Commence, même, à lui taper dessus. Quelqu'un appelle les gardes pour séparer les combattants. Je me penche vers Priscilla qui tranche d'une voix sifflante :

— Laissons-les ! Laissons-les épancher leur bile ! Quand ils seront épuisés, on pourra reprendre le débat sur des bases plus saines !

J'aimerais partager sa conviction. Mais j'ai bien peur qu'elle ne soit qu'un aveuglement né de l'orgueil et de son corollaire : ce mépris écrasant que lui inspire le reste de l'humanité. Y compris ce Conseil des Hiérarques toujours tellement à cheval sur le décorum et transformé par la conjoncture en véritable « cour des miracles » ! Si c'était l'un des objectifs visés par les terroristes, ils l'ont bel et bien atteint. De plein fouet ! Probablement au-delà de leurs espérances...

Dans la paix relative enfin rétablie, quelqu'un demande la parole et l'obtient. Ce qu'il dit me fait prêter l'oreille :

— La nuit dernière, Messieurs et Mesdames les Hiérarques, ma fille était à Georgetown... Probablement la plus jeune de tous ceux et de toutes celles qui aient jamais obtenu, de leur mère, la permission d'y accompagner des amis... Elle nous a été ramenée, ce matin, par un messager anonyme qui l'a déposée, endormie, sur le perron de notre résidence, et s'est retiré sans attendre une récompense après avoir sonné longuement pour qu'on vienne la ramasser... Puis-je m'appuyer sur cet incident pour suggérer que nous n'avons pas affaire à des gens inhumains et qu'il sera possible de négocier, avec eux, la restitution...

Il s'agit là, par conséquent, du père de la petite que j'ai rapatriée, à l'aube, avant de rentrer chez Priscilla, d'ôter et cacher mes vêtements, de prendre un bain rapide et de prétendre, ensuite, que l'ultimatum venait de m'être présenté, par vidéophone... La vision optimiste développée par cet heureux père déclenche un nouveau tollé. On estime que ce type a eu bien de la chance — ce qui est vrai — et qu'on ne peut se fier au geste isolé d'un messager sans doute père de famille pour tabler sur l'humanité de l'ensemble des terroristes !

Ce qui est encore plus vrai...

J'interviens à mon tour, essayant de faire valoir les mêmes arguments que Priscilla Wolf. Avec plus de diplomatie.

Mais je fais partie — en tant que Rolf Schneider — de la demi-douzaine de personnalités importantes exigée en échange des centaines d'otages de Georgetown, dont la liste complète, établie au cours de la nuit, nous a été communiquée.

Je passe ensuite la parole au commandant Gray, le chef suprême des Brigades Anti-Réfractaires, qui expose son plan d'infiltration du « quartier rouge » par des commandos expérimentés dont l'action fulgurante, à l'heure H...

Mais lui aussi fait partie des personnalités réclamées, et l'assemblée se souvient de ces prises d'otages de jadis qui malgré les interventions de commandos non moins expérimentés, ou le plus souvent à cause d'elles, se terminaient par des massacres.

Frederick Norton, actuel directeur en titre de

l'I.N.R.F., cst aussi de la brochette, ainsi que deux autres hiérarques du top niveau. Ils pouvaient en exiger davantage, ils se sont arrêtés à ce chiffre relativement modeste et je sais pourquoi. Trop, c'est trop. Exiger quatre ou cinq fois plus de monde aurait pu compromettre le sort de l'opération. Ce qu'ils voulaient, ce qu'ils veulent, c'est trancher, symboliquement, les plus grosses têtes de l'hydre gouvernementale, et déstabiliser, désagréger, par les sentiments de culpabilité, d'inefficacité, de honte et d'humiliation nés de cette déroute psychologique, l'ensemble de la Hiérarchie. Créer une conjoncture favorable à la prise du pouvoir.

Le vote a lieu. Massivement favorable à la remise inconditionnelle, aux mains des réfractaires, de la demi-douzaine de personnes en question. C'est le seul moment où, par orgueil blessé plus que par frayeur, Priscilla perd son sang-froid et crie au commandant Gray de faire investir la salle du Conseil par ses gardes. Mais à circonstances exceptionnelles, gestes exceptionnels ! Alors que Gray se précipite pour transmettre l'ordre de la Hiérarque Suprême, le chœur des conseillers lui signifie sa destitution et son *ancien* second, le capitaine Marlowe, l'assomme d'un coup de crosse. Reçoit immédiatement, pour prix de ce haut fait d'arme, le commandement de son chef déchu.

C'est au sein d'un silence de mort, entre deux haies pétrifiées de regards fuyants et hostiles, que nous marchons tous les six, soutenant un Gray qui flageole, un Norton qui couine comme un chiot, vers le véhicule en attente. Priscilla, royale, lance d'une voix cinglante :

— Un peu de dignité, Norton ! Vous avez eu au moins ce que vous désiriez, durant quelque temps. La direction de l'I.N.R.F. ! Tout le monde ne peut pas se vanter d'avoir eu la même chance !

Dans la voiture, elle se presse frileusement contre moi.

— Mon seul regret, c'est que ce soit bientôt terminé, pour nous. J'aurais aimé vivre avec toi encore une éternité ou deux...

Levés jusqu'à mes yeux, ses yeux m'offrent les profondeurs limpides et lisses d'un regard sans orgueil, sans mystère, sans attitude. Le regard d'une femme simplement amoureuse d'un homme, et ma gorge se coince en songeant au double jeu que j'ai toujours mené, vis-à-vis d'elle.

Je n'ai pas provoqué ce qui se passe aujourd'hui.

Mais je n'ai rien fait pour l'empêcher, non plus. Je ne le pouvais pas puisque j'ai appris, trop tard, ce qui se préparait sur le territoire de Georgetown.

L'aurais-je appris plus tôt que je n'aurais sans doute pas agi différemment. Et que le résultat, aujourd'hui, serait le même. L'inconvénient d'évoluer à la fois des deux côtés d'une barricade. Et de nouer, d'un côté comme de l'autre, des liens qui pour être en partie truqués, n'en sont pas moins authentiques, dans leur essence...

Ah, vivre dans un univers manichéen, où tout serait noir d'un côté, blanc de l'autre. Où tout serait simple...

J'ai aimé Priscilla autant qu'elle m'a aimé, et dans cette voiture qui nous conduit tous vers nos destins, je l'aime !

*
**

Peut-être parce qu'elle symbolise le changement radical de notre statut commun, la séparation est pénible, ainsi que la répartition dans trois petites caves promues à la dignité de cellules pour grands de ce monde ou devrais-je dire « ex-grands » ?

Norton, complètement effondré, pratiquement incapable, à ce stade, de mettre un pied devant l'autre, partage la sienne avec un commandant Gray toujours à moitié dans le cirage. Il n'y est pas allé de main morte, son ancien sous-ordre ! Il y tenait, à son avancement !

Les deux autres types, que je connais uniquement pour les avoir vus et entendus aux séances du Conseil, sont parqués ensemble. L'un dans un état de choc et de prostration à peu près total. L'autre dans une étrange caricature du héros-prêt-à-mourir-courageusement, face à l'ennemi, qui ne manque pas de gueule.

Quant à Priscilla et moi-même, ils ont le bon esprit de nous laisser ensemble...

Sitôt que la porte s'est refermée, dans un bruit caractéristique de clefs et de serrures, un bruit de geôle, nous nous asseyons sur le bord d'une des deux couchettes et je la prends dans mes bras, sans mot dire. Sans maudire, non plus, le sort qui nous accable. S'il nous reste peu de temps à passer côte à côte, autant ne pas le gâcher en vaines paroles et en imprécations stériles.

Priscilla, très calme, s'informe :

— Tu crois qu'ils vont nous exécuter ?

Elle ne dit pas :

— Tu crois qu'ils vont libérer les otages ?

Pour la bonne raison qu'elle s'en fout. Toute sa vie, Priscilla Wolf a méprisé les autres, tous les autres, et les gens de sa propre classe ne faisaient pas exception à la règle.

Je ne lui réponds qu'en la serrant un peu plus fort contre moi. Tout ce que je pourrais lui dire serait pure hypocrisie puisque je ne suis pas Rolf Schneider, et qu'elle le sait, et que d'autres le savent, et que je ne me sens pas réellement menacé... même si, plutôt que de révéler à Priscilla, au point où elle en est, toute l'étendue de mes trahisons vis-à-vis d'elle, je crois que je préférerais marcher avec elle au-devant de ses exécuteurs...

Nous passons près d'une heure à bavarder tendrement, paisiblement, plus proches l'un de l'autre que nous ne l'avons jamais été, fût-ce au cœur de la passion, fût-ce au cours de nos étreintes les plus frénétiques. Une façon différente de faire l'amour que je suis heureux de lui offrir pour la première fois. Et probablement la dernière...

C'est moi qu'ils viennent rechercher le premier. Nous communions dans une ultime embrassade et j'emporte, avec moi, l'image de cctte femme qui fut si grande. La plus grande de toutes. Maintenant réduite à sa taille humaine et grande encore, pourtant, par la dignité, la tranquillité avec laquelle elle accepte sa chute.

Papy m'accueille dans le bureau de Barney. Me presse avec émotion contre son vaste poitrail.

— Ça fait un drôle de bout de temps, hein, Dick ?

— Sheila ?

Un bon sourire détend son visage buriné.

— Sheila se porte bien. Tu sais que vous n'allez pas tarder à être parents, elle et toi.

Je reçois cette nouvelle qui n'en est pas une comme un coup de poing au menton. C'est ainsi qu'on prend conscience, brutalement, du temps écoulé...

Papy enchaîne, dans un haussement d'épaules :

— Officiellement... Rolf Schneider aura été exécuté, avec les autres !

— Ah, parce que vous avez l'intention de...

— Ils l'ont tous mérité... cent fois ! Et la population ne comprendrait pas qu'on les épargne... Il lui faut sa part de sang... Sais-tu qu'il a fallu que je me bagarre pour qu'on relâche... dans des conditions que je t'expliquerai... la totalité des otages ? Beaucoup étaient partisans de liquider aussi, pendant que nous le pouvions, la descendance de certaines grosses têtes du régime...

— Comme ça ? Sans jugement ?

— Est-ce que si tu n'avais pas été là, ma propre petite-fille, Sheila, n'aurait pas été sacrifiée sans jugement, par cette ordure de Norton ? Est-ce que des milliers d'autres n'ont pas été sacrifiés, sans jugement, depuis qu'elles existent, sur les tables de dissection de l'I.N.R.F. ? Est-ce que des milliers de réfractaires n'ont pas payé, sans jugement, le prix de leur soif de liberté et de justice ?

Je n'insiste pas davantage. Je sais, je sens que sa décision est prise et d'ailleurs, il n'est pas tout seul, il y a, derrière lui, le poids, la pression terrible de tous les autres...

— Et Priscilla Wolf, Papy ?

— Quoi, Priscilla Wolf ?

— J'ai sincèrement aimé cette femme, Papy. Je l'aime !

Son masque de vieux cuir se plisse dangereusement en tous sens.

— Et Sheila ?

— Sheila, c'est autre chose... Un homme peut aimer deux fois dans sa vie, Papy, et de deux façons différentes... Je ne veux pas qu'elle souffre. Je ne veux pas qu'elle sache tout ce que j'ai fait...

Probablement pour se donner le temps de réfléchir, il bifurque :

— A ce propos, les émetteurs sont en place pour neutraliser, s'il le faut, les Brigades Anti-Réfractaires au moyen de ces pacemakers cérébraux que tu as eu l'idée géniale de leur faire implanter... sous de faux prétextes ! Mais il est possible, aussi, que nous n'en ayons pas besoin...

— Parce que ?

— Parce que nous ne sommes pas fous... et

que nous relâchons nos otages avec, dans l'estomac, un gadget qu'ils ont absorbé, sans le savoir, en mangeant le riz qu'on a eu la bonté de leur servir... Il s'agit d'une minuscule capsule — grosse comme un grain de riz — qui dans un premier temps s'enkyste à demeure dans la paroi stomacale. Elle est pratiquement indécelable, à la radio, et la dose de poison violent qu'elle contient peut être libérée, à tout moment, par télécommande...

— Tous les otages ont absorbé cette capsule ?

Il s'esclaffe :

— Certains ont peut-être recraché ce grain de riz plus dur que les autres ? Mais qui osera courir le risque, lorsqu'on annoncera la couleur ?

Je passe, sur mon front, une main épuisée.

— Priscilla, Papy...

— Encore ?

— Puisqu'on va truquer l'exécution de Rolf Schneider, pourquoi pas la sienne ? Pourquoi ne pas l'épargner... et faire croire le contraire ? Peut-être en lui faisant absorber, à elle aussi, une de ces capsules afin de garantir qu'elle ne... qu'elle n'essaiera pas de reprendre le pouvoir, dans un avenir plus ou moins proche ?

N'importe quoi, je proposerais n'importe quoi pour sauver cette femme... Papy promet d'y réfléchir et nous continuons de retourner, ensemble, certains aspects de la situation.

Jusqu'à ce qu'un Barney au teint curieusement verdâtre entre comme un fou dans son propre bureau.

— Venez... Vite !

Sur le chemin des caves, il halète :

— Ma faute... J'avais branché un système d'écoute... entre le bureau et sa cellule... Pour la torturer, vous comprenez ? En lui faisant entendre ce que vous disiez... Ses anti-refs ont tué l'un de mes propres fils !

Priscilla repose, immobile, sur une des couchettes. Je suis médecin. Il me suffit d'un tout petit geste professionnel pour apprendre qu'elle est morte.

Le type qui était de garde dans le couloir des caves me tend une feuille de papier.

— Quand elle m'a demandé de quoi écrire, j'ai pas cru devoir refuser...

Les larmes coulent sur mes joues alors que je déchiffre, laborieusement, les quelques lignes griffonnées, au crayon, par Priscilla Wolf :

« Tu n'auras plus besoin de t'abaisser, mon amour, à supplier ces gens-là. Tu m'as aimée. Tu m'aimes. Je suis heureuse. Je t'aime et j'ai sur moi l'instrument de ma propre libération. Jamais personne d'autre qu'elle-même ne décidera du sort de ta

Priscilla. »

APRÈS LA VICTOIRE...

Quelques désordres, dans tout le pays, accompagnent le renversement du pouvoir en place.

Vite réglés. Soit par la mise en action d'émetteurs inhibant les tendances répressives de telle ou telle Brigade Anti-Ref trop zélée. Soit par la diffusion de consignes exhortant au calme une population indécise. Dans l'ensemble, cette période transitoire — explosive comme toutes les périodes de cette sorte — se passe bien. Sans graves effusions de sang susceptibles de faire taches d'huile...

Pas question, naturellement, de dissoudre le Conseil des Hiérarques. Avec la puissance financière et la connaissance approfondie, la maîtrise de structures et de relations établies à l'échelle mondiale, ces gens-là tirent des ficelles dont il vaut mieux laisser le contrôle entre leurs mains. Provisoirement. Les auteurs du putsch, Papy, « Crâne d'Acier », moi-même et quelques autres en tête, ne sont pas des brutes primitives. Ils savent que jouer, d'emblée, les éléphants dans le magasin de porcelaine ne peut que mener à la catastrophe.

C'est ainsi que sur le plan mondial, rien ne change. Durant quelque temps, les médias internationaux commentent notre « révolution », dans des termes plus ou moins favorables ou désapprobateurs, selon les tendances politiques et morales de chacun. Puis leur intérêt s'estompe. Quoi d'étonnant ? L'humanité n'a-t-elle pas derrière elle une longue histoire de rois et d'empereurs égorgés, de régimes noyés dans le sang par des gens qui, l'opprobre générale passée, renouaient plus ou moins rapidement des relations avec les autres gouvernements au pouvoir ?

Pourvu que les contrats en cours soient honorés, les conventions commerciales respectées...

Après l'exécution bidon qui a officiellement éliminé Rolf Schneider, j'ai retrouvé mon identité : Dick Morland. Sans émotion particulière. Qu'est-ce qu'un nom ? Ce n'est pas le nom qui fait l'homme, c'est parfois l'homme qui se fait un nom. Avec tout ce que cela sous-entend de gloire éphémère et futile... Né au lendemain de la prise d'otages en masse de Georgetown, mon fils s'appelle également Richard. C'est Sheila qui l'a voulu, et j'espère que Dick Morland, deuxième du nom, pourra vivre dans une société où les hommes, en général, les médecins, en particulier, auront retrouvé leurs vraies places. C'est pourquoi j'ai accepté de reprendre, sous mon véritable nom, la direction d'un Institut National de Recherches Fondamentales où sur les tables de vivisection, ne mourront plus les cobayes humains, par douzaines...

Des élections ont lieu, pour les postes-clefs du Conseil des Hiérarques. La légende d'un certain colosse couronné de métal qui a su réchapper, cervelle à l'air, aux scalpels de l'I.N.R.F., possède une telle force d'impact sur l'imagination populaire que « Crâne d'Acier » est nommé Hiérarque Suprême, à une majorité écrasante. J'espère qu'il va faire un bon chef de gouvernement. Je n'en suis pas tout à fait sûr. Papy non plus, qui aurait voulu me voir occuper sa place...

Je préfère la mienne. Il y a encore tellement à faire... Détruire les séquelles profondément ancrées d'une « éthique médicale » installée à demeure depuis des décennies... Débarrasser progressivement tous les citoyens, B.A.R. compris, de leurs pacemakers cérébraux... Réformer l'esprit de la recherche pour en faire, non plus un objet de curiosité malsaine, non plus un moyen d'oppression aux mains d'apprentis-sorciers, mais le véritable instrument du progrès de l'homme.

Il est ce qu'il est, l'homme ! Il n'a jamais cessé, au fil des siècles, de vouloir diriger sa propre destinée, améliorer son être physique et moral.

Je ne crois pas, je n'ai jamais cru que la meilleure façon de s'y prendre soit de violer systématiquement cette fameuse barrière du crâne pour transformer chaque individu en marionnette téléguidable.

Les techniques sont toujours là, disponibles.

J'aimerais croire que la tentation de les utiliser a disparu, elle aussi.

En même temps que les quelques têtes symboliquement tombées, à Georgetown, pour souligner la défaite de la médicarchie.

DÉJA PARUS DANS LA MÊME COLLECTION

1349. *L'hydre acéphale* — Maurice Limat
1350. *La troisième puissance* — Gabriel Jan
1351. *Les trains-cimetières (La Compagnie des Glaces-21)* — G.-J. Arnaud
1352. *Galax-western* — Hugues Douriaux
1353. *Le mirage de la montagne chantante* — K.-H. Scheer et Clark Darlton
1354. *Camarade Yankee !* — Philippe Randa
1355. *Paradis zéro (Chromagnon « Z »-1)* — Pierre Pelot
1356. *Osmose (Le cycle des insectes-2)* — Th. Cryde
1357. *Ehecatl, seigneur le vent (Les Hortans-3)* — Jean-Louis Le May
1358. *L'âge à rebours* — Jean Mazarin
1359. *Le syndrome Karelmann (Les Ravisseurs d'Éternité-2)* — Alain Paris et Jean-Pierre Fontana
1360. *Rhino* — Dominique Douay
1361. *Ordinator-Erôtikos* — André Caroff
1362. *Le premier hybride* — J.-P. Andrevon
1363. *Les psychomutants* — G. Morris
1364. *Les fils de Lien Rag (La Compagnie des Glaces-22)* — G.-J. Arnaud
1365. *Le dernier Paradis* — Michel Jeury
1366. *Ambulance cannibale non identifiée (Les soldats de goudron-2)* — Serge Brussolo
1367. *Le rêve du papillon chinois* — Christopher Stork
1368. *Les clans de l'Étang vert (Chroniques de l'Ère du Verseau-9)* — Adam Saint-Moore
1369. *Le bruit des autres (Chromagnon « Z »-2)* — Pierre Pelot
1370. *Silence... on meurt !* — Richard Bessière
1371. *Cités Biotiques (Cycle des Cités de l'espace-5)* — Pierre Barbet
1372. *Les contrebandiers du futur* — Philippe Randa
1373. *Viol génétique (La trace du Sirénien)* — Piet Legay
1374. *Rouge est la chute du soleil* — Maurice Limat
1375. *Made in Mars* — Christopher Stork
1376. *Les survivants du Paradis (Le dernier Paradis-2)* — Michel Jeury

1377. *Le semeur d'ombres* Michel Honaker
1378. *Ordinator-Criminalis* André Caroff
1379. *Androïdes en série* K.-H. Scheer
1380. *Le miroir du passé* Gilbert Picard
1381. *La pire espèce* G. Morris
1382. *Le rire du lance-flammes*
(Les soldats de goudron-3) Serge Brussolo
1383. *Les Lunatiques* Christopher Stork
1384. *Téléclones* Pierre Barbet
1385. *Le Veilleur à la lisière du monde* Daniel Walther
1386. *Poupée tueuse* Jean Mazarin
1387. *La cité du Vent damné* Maurice Limat
1388. *Voyageuse Yeuse*
(La Compagnie des Glaces-23) G.-J. Arnaud
1389. *Billevesées et calembredaines* Christopher Stork
1390. *A quoi bon ressusciter ?* Gilbert Picard
1391. *Le château des Vents infernaux* Hugues Douriaux
1392. *Les hommes-vecteurs*
(Adonaï-2) Michaël Clifden
1393. *L'inconnue de Ryg* J.-P. Garen
1394. *La marée d'or*
(Goer de la Terre-3) Michel Jeury
1395. *La valeur de la vie* K.-H. Scheer et C. Darlton
1396. *Ordinator-Ocularis* André Caroff
1397. *Ceux de la Montagne-de-Fer* Maurice Limat
1398. *Le temple du dieu Mazon*
(Chroniques de la Lune Rouge-2)
Alain Paris et Jean-Pierre Fontana
1399. *Rempart des naufrageurs*
(Cycle des Ouragans-1) Serge Brussolo
1400. *Les acteurs programmés* M.-A. Rayjean
1401. *Putsch galactique* Pierre Barbet
1402. *Lumière d'abîme* Michel Honaker
1403. *L'Ange du désert* Michel Pagel
1404. *Ordinator-Craignos* André Caroff
1405. *L'ampoule de cendres*
(La Compagnie des Glaces-24) G.-J. Arnaud
1406. *Roulette russe* Daridjana
1407. *Sur qui veillent les Achachilas*
(Chronique des temps à venir-11) Jean-Louis Le May
1408. *La marque des Antarcidès*
(Chroniques d'Antarcie-1) Alain Paris

1409. *Pour une dent, toute la gueule* G. Morris
1410. *Le volcan des sirènes* Gilbert Picard
1411. *Cadavres à tout faire* Richard Bessière
1412. *Babel bluff* Christopher Stork
1413. *Les visiteurs du passé* K.-H. Scheer
1414. *Abattoir-Opéra*
(Cycle des ouragans-2) Serge Brussolo
1415. *La semaine carnivore*
(Le cycle des insectes-3) Th. Cryde
1416. *Feu sur tout ce qui bouge !* G. Morris
1417. *L'enfant de l'espace* Christopher Stork
1418. *Ordinator-Rapidos* André Caroff
1419. *Le clan du brouillard* Alain Paris &
(Chroniques de la Lune Rouge-3) Jean-Pierre Fontana
1420. *Solstice de fer (Khanaor-1)* Francis Berthelot
1421. *Wân, l'iconoclaste* Maurice Limat
1422. *La mémoire totale* ** Claude Ecken
1423. *Retour en avant* G. Morris
1424. *Naufrage sur une chaise électrique*
(Le Cycle des Ouragans-3) Serge Brussolo
1425. *Quand souvenirs revenir, nous souffrir et mourir* Dagory
1426. *Les passagers du mirage*
(Chromagnon « Z »-3) Pierre Pelot
1427. *La piste du Sud* Thierry Lassalle
1428. *P.L.U.M. 66-50* Hugues Douriaux
1429. *Sahra (Contes et légendes du futur)* Jean-Louis Le May
1430. *Le fléau de la Galaxie* K.-H. Scheer et C. Darlton
1431. *Sun Company*
(La Compagnie des Glaces-25) G.-J. Arnaud
1432. *Demi-portion* Christopher Stork
1433. *Les flammes de la nuit*
(Première époque : Rowena) Michel Pagel
1434. *Soldat-Chien* Alain Paris
1435. *La guerre des loisirs* M.-A. Rayjean
1436. *Le diable soit avec nous !*
(Les pirates de l'espace-2) Philippe Randa
1437. *Le bricolo* P.-J. Herault
1438. *Équinoxe de cendre*
(Khanaor-2) Francis Berthelot
1439. *La fleur pourpre*
(Service de Surveillance des Planètes Primitives-4)
Jean-Pierre Garen

1440.	*Glaciation nucléaire*	Pierre Barbet
1441.	*Le chant du Vorkul*	Michel Honaker
1442.	*Que l'Éternité soit avec vous !*	Louis Thirion
1443.	*L'Heure Perdue*	Guy Charmasson
1444.	*Nitrabyl la Ténébreuse*	K.-H. Scheer
1445.	*Un pied sur Terre*	G. Morris
1446.	*Enfer vertical en approche rapide*	Serge Brussolo
1447.	*Poupée cassée*	Jean Mazarin
1448.	*Ils étaient une fois...*	Christopher Stork
1449.	*Les Sibériens (La Compagnie des Glaces-26)*	G.-J. Arnaud
1450.	*Le feu du Vahad'Har*	Gabriel Jan
1451.	*La Jaune*	Jean-Pierre Fontana
1452.	*Les horreurs de la paix*	G. Morris
1453.	*Transfert*	Gérard Delteil
1454.	*O Tuha' D et les chasseurs*	Jean-Louis Le May
1455.	*Le temps des rats*	Louis Thirion
1456.	*Ashermayan*	Alain Paris
1457.	*La ville d'acier (L'Ange du désert-2)*	Michel Pagel
1458.	*La sage d'Arne Marsson (Pour nourrir le Soleil-1)*	Pierre Bameul
1459.	*Psys contre Psys*	Christopher Stork
1460.	*Le clochard ferroviaire (Compagnie des Glaces-27)*	G.-J. Arnaud

VIENT DE PARAITRE :

Philippe Randa *Métamorphosa*

Achevé d'imprimer en avril 1986
sur les presses de l'Imprimerie Bussière
à Saint-Amand (Cher)

— N° d'impression : 322. —
Dépôt légal : juin 1986.
Imprimé en France

PUBLICATION MENSUELLE